Fan
ファン文庫

真夜中のぐっすりカフェ

眠れぬ夜におやすみの一杯

著　編乃肌

マイナビ出版

CONTENTS

プロローグ

清涼な空気が街を満たす、秋の昼下がり。

その老婦人は、自宅の二階で本を読んでいた。

肩に掛けた青いチェックのストールが、ページをめくる度に微かに揺れる。

ワンフロアすべて、異国の本や雑貨で埋め尽くしたこの空間は、婦人にとってコレクションケースのようなものだ。そのケースの中に自ら入って、ロッキングチェアに身を預けて読書に勤しむのが、細やかな至福の時間だった。

トタトタと、そこに足音が響く。階段を誰か上って来たらしい。

「おばあちゃん……ここにいる？」

「いますよ。今日はひとりなのねぇ」

現れたのは、蜂蜜色の猫っ毛が特徴的な少年だ。小学校を卒業するくらいの歳で、華のある整った顔立ちをしている。

渡した合鍵で家に入って来ただろう少年を、婦人は本をパタリと閉じて出迎えた。

いつも少年はもうひとり連れて来るのだが、片割れは学校行事の一環で、学年ごとに行う合宿中だという。

「行きたくないって駄々捏ねていた。なんで俺は行かないのか聞かれたけど、学年が違うからだし……無理やり参加させたから、今頃不貞腐れているかも」

「お前さんと離れるのが嫌だったのねぇ。相変わらず仲がよいこと」

おっとりした喋《しゃべ》り方をする老婦人は、コロコロと笑い声を立てて少年の頭を撫でた。

面映ゆそうにする少年は、後ろ手になにかを隠している。

「今日は家で紅茶のスコーンを作ったんだ。おばあちゃんに教えてもらったレシピ通りにやったら、上手く膨らんだよ」

「隠していたのはスコーン？　いいわねぇ、それならお茶にしましょうか」

「うん！」

少年からスコーンの入った紙袋を受け取り、婦人は本を置いてゆっくりと腰を上げた。

一階に移動するため、少年と連れ立って階段へと向かう。

その途中で袋を少し開けてみれば、しっかり焼き上がったスコーンから、バターを中心とした幸せの香りが漂った。

「とっても美味《おい》しそうだわ。これなら私がカフェを開いた時に、メニューとしてお出しできるねぇ」

「おばあちゃん、カフェを開くの？」

螺旋状の階段を一段一段気を付けて下りながら、老婦人の溢《こぼ》した言葉に、少年はきょとんと薄茶の瞳を瞬《また》かせる。

老婦人は「私の夢なの」と答えた。

「このお家で、のんびりカフェを開きたくてねぇ。老後にピッタリな夢でしょう」

「それなら俺も手伝うよ！　カフェ、一緒にやりたい！」

「あら、頼もしい」

老婦人はもう、カフェの名前やコンセプトは決めてあるそうだ。

夢が実現するように、とある『おまじない』も掛けておきたいという。

「おまじない？」

「さっきまで読んでいた本にはね、そういう不思議な魔法がたくさん載っていたの。願いが叶うおまじないよ」

ふふっとちょっぴり悪戯っぽく笑う老婦人こそ、少年には魔法使いに見えた。彼女が口にすることは、本当にすべて叶ってしまうような、そんな万能感。

「夢のように、素敵なカフェを開きましょうねぇ」

これは魔法の話。
そして誰かの、夢の話。

一話　真夜中の出会い

『眠れない』というのは、とかく辛いものだ。

ここ最近、睡眠時間が三時間……下手をすると二時間を切ることが続いている乾守里《いぬいまもり》は、パソコンの前で目をパシパシさせながら痛感した。

「おーい、乾！　来月のビジネスパーソン向けセミナー、見積もりはできたか？」

「すみません、まだ……」

ビジネス街に紛れて建つ、無機質な雑居ビル。

その二階フロアが、守里が働いているイベント企画会社のオフィスであり、昼下がりの今は皆がデスクに向かっていた。

声を掛けてきたのは、後ろの席の古田《ふるた》だ。

角刈りにした頭に、彫の深い顔立ち。趣味はマリンスポーツと筋トレで、ガタイのいい彼は、守里のひとつ上の先輩社員である。声がいちいち大きく通るので、従業員が十数人程度の狭いオフィスではよく響く。

ついでに寝不足の頭にも響くので、守里としては勘弁して欲しかった。

「まだって、お前さあ！　明日には先方に見せるんだから、もっと急いでくれよ！」

（じゃあお前がやれよ）

そう言い返したかったが、守里はぐっと呑み込んだ。

新卒でこの会社に入り、早三年。

一年目の新米時代は、古田は守里にとって頼りになる先輩であった。気さくで話しやすく、業務についてもあれこれ進んで教えてくれた。

けれど守里が正式に、古田のアシスタントという立場になってからは、どんどん人使いが荒くなっていった。可愛い後輩扱いは終わり、体のいい小間使い扱いにすっかり移り変わったのだ。

今や面倒な仕事ばかり押し付けてくる、完全に『嫌な先輩』である。

（頭痛い……これはちょっと、簡単な仕事の方は振らせてもらおう）

古田に厭々「資料作成は急ぎます」と返して、守里はショートカットの黒髪を揺らしながら、立ち上がって離れたデスクに歩み寄った。

マウスを気怠げにカチカチ弄《いじ》っている、派遣社員の女性に声を掛ける。彼女もポジション自体は守里と同じ、事務兼アシスタントだ。

「小金井《こがねい》さん、ごめんね。今から言うクライアントに、資料をまとめてメールして欲しいんだけど……」

「えー？　私がですかぁ？」

開口一番で不満を漏らした小金井に、守里は口の端が引き攣る。

隙なく染めたピンクブラウンの巻き髪に、オフィスカジュアルにしては些か華美な柄物スカートが目立つコーデ。爪も煌びやかにネイルされ、毎日お化粧も完璧な彼女は、守里の中で『厄介な同僚』であった。

「い、忙しかった？」

「やれなくはないですけどぉ、後回しでもいいですか？　こっちを作り終わりたいんで」

指差すパソコンの画面には、だいぶ先の定期案件で使う資料が広がっている。

（いやいや、優先順位おかしいでしょう！）

会社の規則は緩いので、小金井の身形《みなり》はこの際もう突っ込まない。

髪や服装が自由なところは今時増えているし、忙しすぎて美容院さえろくに行けていない守里からすれば、見習いたくさえある。

そこは置いといて、彼女はこのように仕事ぶりがあまりに自分本位なのだ。

しかし注意すればすぐに臍を曲げ、派遣会社側に「虐めてくる人がいます」やら「私は真面目にやっているのに、乾さんって方が……」やら、被害者の顔で偏向報告ばかりする。面倒な事態になりかけたことが、直近で二回あった。

（できれば私だって、小金井さんには任せたくない……でも他に手が空いている相手いないし……）

またまた言いたいことは呑み込んで「なるべく後回しにはしすぎないよう、お願いね」と、無理やり笑顔を作って下手に出た。

「善処しまーす」

小金井はもう守里を見もせず、やる気のない返事をする。

善処というのがなんとも不安だ。

溜息をつきかけたところで、入り口のドアから顔を出した上司の三浦《みうら》が「乾くん、ちょっと」と、丸々と太い指で手招きをした。

（またか……今度はなに？）

上司から個人へのお呼び出しといえば、想定されるのは良くも悪くも重めの事態だ。よくて昇進や重要なプロジェクトへの任命、悪くてミスの発覚や立場の降格……。

けれど守里は身構えるというよりは、げんなりして三浦の元へ足を進めた。

呼び出しの内容は、きっと重い話ではない。

十中八九『くだらない話』だからだ。

「いやね、君のデスクの上なんだけどさ。もう少し整頓できないのかい？　来客が来た時に、あのぐちゃぐちゃなデスクはどうなのかなって」

「はあ……」

（ほら、くだらない！）

ふくよかな体型で汗掻きの三浦は、ハンカチで顔を拭いながらネチネチと文句を続けている。

確かに守里のデスクは、片付いているとは言い難い。三浦の言うことはあくまで正しく、上司として苦言を呈すること自体は間違ってはいないだろう。

ただそれを、山積みの業務に追われている最中、意味深に呼び出してまで告げることは果たして正しいのか？

三浦は自分が暇になると、部下を手伝うのではなく無意味な粗探しをしたがる『面倒臭い上司』だった。

もっぱら、彼の標的は守里だ。

（デスクの汚さなら古田先輩の方がヤバいし、小金井さんなんてメイクポーチとか手鏡とか置いているのに！）

そのふたりには言い辛いから、守里ばかりが生贄になる。

これも一種の『かまってちゃん』なのか。「そんな暇、あなたと違ってありません！」と突っ撥ねられたら、どれほどスッキリするだろう。

だけど反論しようにも、寝不足でろくに頭が回らない。

ここで下手に脳を消費するよりは、溜まっている仕事に使いたい。

「……申し訳ありません。ちゃんと片付けます」

「今日中にね。もう君もこの会社に入って長いんだから、しっかりしてもらわないと困るよ」

「はい……」

守里が殊勝な態度で従えば、三浦は満足してあっさり退く。膨れた腹を弾ませて、彼は通路の先に消えて行った。

三度も本心を押し殺した守里は、胸の中に澱《おり》が着実に積もる感覚がしていた。

頭痛も一気に増した気がして、額を押さえて項垂《うなだ》れる。

「もう帰って寝たい……」

どうせ布団に入っても、イライラがぶり返して神経は常に尖ったままだ。今夜もきっと安眠など程遠いことはわかっていても、請わずにはいられなかった。

『それさ、もう何度も言っているけど転職した方がいいって！　いつか倒れるよ！』
「転職かあ……」
仕事終わり、電車を待つ駅のホームにて。
守里はベンチに座って、友人の吉田纏《よしだまとい》とスマホで通話していた。
もう時間帯は夜の十時を回っていて、あたりは真っ暗だ。この時間まで残業すること
は守里にとっていつも通りで、終電に滑り込まないだけマシと言える。
取り組んでいる企画内容によって、就業時間はどうしてもまちまちになりやすいが、
定時で帰れたことは数えるほどしかない。
（もし終電逃したら、会社ってなにかしらのフォローしてくれるのかな……うちのとこ
ろはしないだろうな）
一瞬遠い目をしていたら、スマホ越しで纏が『だいたい……って、ヤバッ！』と焦っ
た声を上げる。
「ど、どうしたの？」
『いや、大きな声出したら上の子がぐずってさ……寝付きは悪くないんだけどね。でも
セーフ！　まだスヤスヤだわ』

「ごめん、纏は子育てで忙しいのに……」

『私から電話掛けたんだから気にしないで。ちょうどふたりとも寝てくれたところだったし、メッセージで話すより手っ取り早いじゃない』

そう言いながらも、纏は僅かに声のトーンを落とす。

守里と纏は中高と同じバレーボール部で、高校卒業後に進路は別れたものの、いまだに連絡を取り合う親友同士だ。

纏は短大卒業後、マッチングアプリで捕まえたお相手とすぐに結婚した。相手はお役所勤めの公務員とかで、結婚式で一度だけ守里も顔を見たが、誠実そうな男性だった。

纏は出産も早く、今や二歳児と三歳児を育てる母親である。

パワフルで明朗快活な纏に、守里は学生時代から憧れていた。バレー部でも補欠ばかりな守里と違って、纏は常にレギュラーだった。

彼氏など長らくいない上に社畜の守里からすれば、結婚して子育ても順調な纏は些か眩しいくらいだ。

『それで、なんだっけ？　なんの話していたっけ』

「私が不眠症気味でマズいってことと、それは会社のせいだから辞めるべき……ってことかな」

不眠症といっても、病院に行って診断を受けたわけではなく、薬なども今のところ頼ってはいない。

原因は明らかだからだ。

『それそれ！　そんなにさ、今の会社にこだわる理由ってあるの？　辞めたら速攻眠れそうじゃん』

纏の意見はストレートかつ的確で、守里はううんと唸る。

向かいのホームに電車が来て、到着のアナウンスを聞きながら、『こだわる理由』について考えてみた。

そもそも何故、今の会社に就職を決めたのか。

就活時代にこれといった目標も将来への展望もなく、ただ漠然とイベント企画会社なら楽しそうかもと、軽い興味を持ったのが始まりだ。

（そうだ。イベント系のお仕事ならいつか、推しアーティストのライブに関われちゃうかもって夢見たんだよね）

守里は昔から洋楽が好きで、特に推している女性シンガーがいる。知る人ぞ知るといった知名度ではあるが、歌手歴自体は長いのでコアなファンが多く、日本でも何度かライブをしている実績もあった。

(バラードがメインで、学生時代は毎日聴いていたなあ。最近は音楽自体、進んで聴いていないけど)

ミーハーな動機でイベント企画会社への就職を志し、当然のように大手は全滅。唯一引っ掛かったのが今の会社だ。

それでも就職が決まった時は、入りたかった業界だと嬉しかった。

たとえ会社の実績が、大規模な案件はほぼなく、小さなセミナーやローカルイベントがメインでも、自分が手掛けた企画が成功して参加者が盛り上がることを想像すれば、やりがいは充分だと一年目はまだ信じていた。

(でも実際、私はあくまでアシスタントで企画は任されないし……)

雑用だけを山ほどこなして、深夜残業や休日出勤は当たり前。

だいたいのイベント企画会社はシフト制で、世間様が遊び呆けている時こそ、裏方であくせく動く。トラブル対応は日常茶飯事だし、我儘なクライアントによる理不尽な要求は後を絶たない。

そこに低い給料、『嫌な先輩』、『厄介な同僚』、『面倒臭い上司』と揃い踏みで、プラス要素を探す方が難しかった。

「どうしよう、纏……転職した方がやっぱりいい気がしてきた」

『自明の理ってやつね』

「けどさ、決断して辞める気力もないっていうか……」

物事を始めるのにエネルギーは必要だが、辞めるのにだって必要だ。

今の守里は思考力も鈍っていて、新しい行動を取るくらいなら、明日も出勤して慣れた業務を機械のようにこなすに違いなかった。

ストレスによる不眠を抱えたまま、代わり映えしない日々を、淡々と。

『あー、もう！　いいから、あんたはまず休みなさい！』

痺れ気を切らした纏がそう叫んだ途端、「わあああ！」と彼女の背後から、幼子の泣く声が聞こえて来た。

守里に「寝ろ」と言ったら、子供の方は起きてしまったらしい。

『ごめん、切るね！』

「こ、こっちこそごめん！　旦那さんと子供たちによろしくね」

『おっけ！　またご飯にでも行こうよ。土日なら出掛けられそうだからさ……まーくん、よしよし泣き止んで！』

ブチッと、子供を宥める声で通話が切れる。

時間を見れば乗る電車の到着はもう数分後だった。よれたテーパードパンツの膝を叩いて、守里はスマホを仕舞って立ち上がる。

運転免許は取ってはいるものの、車は所持していないため、通勤は電車だ。たまに社用車を運転しているので、ペーパードライバーではないと思いたい。自家用車はずっと欲しいが、貯金を考えてもまだまだ現実的ではないだろう。

「暑いな……」

季節は八月下旬。

夏の熱気を孕んだ生温い風が、ホームを吹き抜ける。秋の訪れはもう少し先か。

イベント業も集中しやすい繁忙期があるが、秋に掛けてこれから目白押しなため、こんな調子で乗り切れるかも不安だ。転職というワードが、守里の中を暑さと共に駆け回る。

「……あ、来た」

定刻通りにやって来た電車には、いつの間にか近くに並んでいた会社員と一緒に乗り込んだ。

守里は何回かこの時間、この電車に乗っているが、初めて見る男性だ。

二十代後半か三十代前半だろう彼は、痩せ型で人がよさそうな顔に濃い隈《くま》をこさえており、スーツもずいぶんとくたびれている。守里はすぐに同士だなと判断した。

（この人も眠れない夜、自分の人生について毎晩悩んだりしているのかな）

電車内は空いていて、難なく座れた守里は、向かい側で死んだようにシートに凭れる彼をこっそり観察する。

見れば見るほど、酷《ひど》い顔色だ。

お疲れ社会人感が如実に表れている。

だけどきっと、自覚がないだけで守里も似たり寄ったりなのだろう。

（寝不足の頭に、些細な揺れも気持ち悪い……）

観察を止めてせめてもと目を瞑れば、守里はほんの少しだけ、眠るというより軽く意識を飛ばしていた。

ハッと顔を上げれば、もう会社員はいなかった。

それどころか、降りる予定の駅をひとつ過ぎてしまっている。

「えっ⁉　嘘！」

真っ青になりながらも次の駅で降りた。

駅名は知っていても、見慣れない駅看板に泣きたくなる。

逆の電車に乗るか、ここからでも歩けないことはないため歩いて帰るか……しばし悩んだところで、ぐうううっと盛大にお腹が鳴った。

昼に菓子パンひとつを食べたきりだ。空腹を訴える機能が活きていることは、体調最悪な中でも辛うじてセーフと言えるのか。

守里はお腹をさすった。

「この辺、あんまり来たことないし……どっかお店にでも入ろうかな」

一人暮らしのアパートに帰ったってろくな食材はなく、早めに布団に入ったところでどうせ眠れないのなら、たまには夜の外食もアリな気がして来た。

（とはいっても、こんな時間にやっている店なんて限られているよね）

駅から出て大通りを歩くが、開いている店は平日ど真ん中で暇そうな居酒屋と、些か近寄り難い雰囲気のバーだけだった。

守里は酒に弱くもないが、強くもない。

特段飲むのが好きなわけでもなかった。

明日も普通に早朝から仕事であり、寝不足に飲酒なんて危険すぎる組み合わせだ。飲まずにご飯だけ食べてもいいかなと思うも、できればファミレスとか、まだラーメン屋の方が入りやすくていい。

（サッパリ系のラーメンならどうかな？　……って、そもそもラーメン屋がなさそう。諦めてコンビニでも寄る？）

きょろきょろしながら歩くうちに、大通りを外れて薄暗い小道に進んでいた。周囲はしんと静まり返っている。

女性ひとりでこの夜道は、さすがに怖い。

引き返そうとしたところで、前方に仄かな灯りが見えて、守里は意表を突かれた。

「お店……？」

目を凝らしてみれば、こんなところにも一軒あるのか。

なんとなく惹かれるものがあって、守里は爪先を後退せず前進させた。

小道の角地にポツンと佇《たたず》む二階建てのその店は、こぢんまりとしていて小屋のような外観だった。灰がかった白の壁に、くすんだ赤い扉。屋根は西洋で古くから親しまれる天然石で組まれ、暗闇でも風情を感じさせる。

大きくくり抜かれた四角い窓からは、淡いオレンジの照明が漏れ出ており、守里を引き寄せたのはこの灯りだった。

全体的に絵本の世界から抜け出たようで、ずいぶんと可愛らしい。

扉横についたランタン風のブラケットライトの下には、立て看板もあった。ブラックボードに丸っこい字で、『ぐっすりカフェ』と書かれている。

扉の取っ手にOPENのプレートも掛かっているため、普通に営業中と見てよさそうだ。

「夜中にやっているカフェもあるんだ……。夜カフェってやつかな」

飲み屋が並ぶところには、二次会先やバーなどより気軽にくつろげる場として、夜カフェは案外需要があるという。テレビで特集しているのを、守里は見たことがあった。よく眠れない守里は『ぐっすり』という店名にどうにもそそられ、気付けば店内に足を踏み入れていた。

カランカランと、軽やかにドアベルが鳴る。

（おおっ、店内も可愛い）

ぬくもりを感じる、落ち着いたウッド調の内装。綺麗な木目のテーブルと椅子は二席分で、あとは三人座れるカウンター席のみ。

奥にある大鉢の観葉植物は、パキラだろうか。目に優しい緑が店内に調和している。その傍にある螺旋階段で、二階へと上がれるようだ。

天井からは王冠を象ったユニークな照明が吊《つ》るされ、ささやかな遊び心も取り入れられていた。

（あ、音楽も掛かっているんだ）

耳を澄ませば、薄っすら聞こえるピアノの音色。

守里も聞き覚えのある有名なクラシックは、あいにくと題名が出て来なかったが、穏やかな曲調に癒やされる。

（いいなぁ、こういう雰囲気）

守里はしばし、棒立ちで浸った。

もともとこんな隠れ家的なお店は大好きだ。居るだけで特別な感じがして、学生時代はあちこち見つけては行っていた。

それが一転、休日も家で死んだように寝てばかりになってからは、カフェに寄ること自体がご無沙汰だった。

「――あら、お客様よ！　お客様！」

ハッと、守里は我に返る。

幼い女の子らしき声は店員のものか。

しかし声の主の姿が見えず、守里はきょろきょろと視線を彷徨わせる。

「ス、スフレ！　お客様には『ようこそ』か『いらっしゃいませ』だよ。マスターに習った挨拶じゃないと！」

「なによ、タルト。これから言うところだったのに！」

「そんなんじゃ、せっかくのお客様が逃げちゃうよお……」

「もうっ！　やり直せばいいことでしょう、やり直せば！」

もうひとり男の子の声が加わって、守里はようやく発信源を見つけた。視線を床に下げればそこにいたのだ。

にわかに信じ難い光景に、口を開けてポカンとする。

「「せーのっ！　ようこそ、『ぐっすりカフェ』へ！」」

仲良くそろって歓迎してくれたのは、二体のぬいぐるみだった。

三十センチほどの大きさで二足歩行している。どちらも腕を広げ、プラスチックの黒い目で守里を見上げていた。

「ぬ、ぬいぐるみ……？」

女の子の声は、薄ピンクのウサギから。手触りのよさそうな布製で、長い右耳だけ黄色チェックの布が使われている。ウェイトレスの格好をしていて、水色スカートにフリフリの白エプロンが愛らしい。

男の子の方はクマで、テディベアとも言えるのか。茶色い布で作られたボディに、こちらは右耳の布だけ赤チェック。ウェイターの格好で、黒いベストがきまっていた。

「ど、どういう……接客ロボット最新版？」

守里はしゃがんで、ぬいぐるみたちに視線を合わせた。確かウサギがスフレ、クマがタルトといったか。

「まあ、お客様がビックリしているわ！」

「マズいなあ……ボクたちの接客、やっぱり失敗したのかも」

表情はないはずなのに、彼等は感情豊かに動いて喋る。

ロボットには到底見えず、本当にぬいぐるみに魂が宿っているみたいだ。

（もしかして、私はまだ電車に乗っていて……ちょっと意識を飛ばしていたつもりが、ガチで寝ちゃって夢の中……？）

実は電車にいた時から、時間が動いていないのかもしれない。そう思い至り、バッグからスマホを取り出して確認しようとする。

「えっ！」

守里は真っ暗な画面を凝視した。

どうしたことか、勝手に電源が落ちている。電源ボタンを押してもまったくつかない。

「えぇぇ……」

纏との電話では難なく機能していたし、充電もたっぷりあったはずだ。ただ壊れただけとは考えにくい。

混乱する守里を他所に、ぬいぐるみ同士は相談を終えたのか、タルトが「マスター！お客様ですよ！」とカウンターの方に呼び掛けた。

カウンター奥の壁は戸棚になっていて、ティーカップやお皿などが所狭しと並んでいる。外国産だろう食器も多く、さながら世界中から集めた美術品のようだ。お茶の葉が詰められている瓶もあるが、その瓶でさえそれぞれ趣がある。

また戸棚の隣にはさらに奥へと続く扉もあり、その先はスタッフルームといったところか。そこから人が勢いよく現れる。

「お、お客様!?　ま、待って、エプロンの紐が絡まって……！」

ドタドタバタバタ。

騒々しい音を立てているのは、守里と同い年くらいの青年だった。

こちらはぬいぐるみではなくちゃんと人間である。

（パッと見はカッコいいけど……）

細身の高身長で、女性にしては背が高い守里より二十センチはプラスでありそうだ。白シャツにグレーのスラックス、モカブラウンのギャルソンエプロンがよく似合っている。髪は蜂蜜色の猫っ毛で、タンポポの綿毛のように揺れていた。顔立ちは整っており、茶色のタレ目は色素が薄いらしい。

纏う空気は、ゆるゆるのふわふわ。エプロンの紐がぐちゃぐちゃな縦結びで、そこはかとなく残念感もある。

「すみません、なかなかお客様なんていらっしゃらないもので……油断していました」

「は、はあ」

それって経営は成り立つのだろうかと、守里は要らぬ心配をするも、ぬいぐるみが店員をしている時点で普通ではないのだ。

やっぱり夢だと思うことにして、守里はすべてのツッコミを放棄した。

「どうぞ、お好きな席にお掛けください。すぐにメニューをお持ちします」

勧められるがまま、手前のテーブル席を選ぶ。

すかさずタルトが、綿入りだろう短い両手で、椅子の脚をうんしょっうんしょっと引いてくれた。

「あ、ありがとう」

「いえいえ！　ボクはウェイターですので！」

えっへんと胸を張るタルトに、守里はほんわかする。

寝不足で思考力が鈍っているせいもあり、すでにもうこの摩訶不思議カフェにも慣れてきた。

「メニューですー」

背中にメニュー表を載せて飛んで来たのは、馬のぬいぐるみだった。いや、真っ白ボディに薄い紫の鬣や羽、頭からは角が生えているので、おそらくユニコーン。

こちらは四足歩行……ではなく、文字通り『飛んで』いた。空中をふわふわと浮いているのだ。

(これは夢なんだから、ツッコんじゃ駄目、ツッコんじゃ駄目……！　ユニコーンだもの、そりゃ飛ぶくらいするよ！)

そう守里は己へ必死に言い聞かせた。

「背中からーお取りくださいー」

「う、うん。君は……」

「ボネですー」

間延びした喋り方のユニコーンのぬいぐるみは、ボネというらしい。

目の部分は刺繍糸で、閉じた状態に縫われている。タルトやスフレのように服は着ていないが、首元にはちょこんと青チェックの蝶ネクタイがついていた。

ラミネート加工されたメニュー表を守里が受け取ると、ボネは「ご注文が決まったらお呼びくださいー」と角を伏せて一礼する。パタパタと羽を動かして飛んで去る様は、如何にも非現実的だ。

（こんなファンシーな夢を見るなんて、私の精神もいよいよだなあ）

うっすら危機感を覚えつつも、手書きのメニュー表を眺める。あのマスターが書いたのか、丸っこく柔らかな字だ。

（値段が一切ないのは気になるけど、内容はよくある感じ……ん？）

コーヒーやラテといった飲みものから、サンドイッチといった軽いお食事が、写真もなくつらつらと文字だけで羅列されていた。

なんの変哲もないラインナップかと思えば、一番下の太枠に囲まれたセットメニューが目に留まる。

「『おやすみセット』って、どんな……」

ウサギ耳をひょこひょこさせて、すかさず下から答えたのはスフレだ。

「その人に合わせた、ちょっとした食事と飲みもののセットよ。サービスでお土産もつくわ。マスターによるお任せコースね」

「日替わり定食みたいな感じ……？」

『おやすみ』というセット名は、このカフェの『ぐっすり』に掛けているのか。

スフレは「だいたいそんなところね」と適当な返しをする。

「うちのカフェに迷い込んだんだから、貴方も夜に眠れないんでしょ。それならそのセットを頼んでおけば間違いないわ」

「迷い込むってなに……」

「はい、注文決まりね！」

ポフッ！と両手を合わせて、スフレはさっさとカウンターの方に向かってしまう。

メニューの選択肢は、最初から一択だったようだ。

気になる発言についてタルトとボネに尋ねようとするも、働き者なタルトは「お水の用意！　お水の用意！」とこちらもカウンターの奥に消え、ボネは「お荷物は足元のカゴへー」と空中から編みカゴを示したあとはのんびり浮遊している。

（……まあ、いいか。どうせ夢だし）

断念した守里は椅子の背に凭れ、流れるピアノの音に耳を傾けた。

そういえばピカピカの新卒として、会社に入社したての頃。

初めてまともに関わったイベントが、とある地元出身ピアニストによる、クリスマスミニコンサートだった。

商業施設の一角を借りて行われたそれは、規模は往々にしてこぢんまりしたもの。

しかも関わった……といっても、雑用に毛が生えたくらいの仕事内容だ。ただあの頃は、古田もまだ頼れる先輩で、三浦はそこまで面倒な一面を出して来ず、小金井はそもそもいなかった。

クリスマスという一大行事の日に、労働する側なことを嫌がる者も多いだろう。

実際、古田は「そういう仕事だってとっくにわかっていても、浮かれた人等《ら》見るとな」と苦笑していた。

けれど守里はそういう感情は一切湧かなかった。

クリスマスを特別に過ごしたい相手がいないという、悲しい事情もあるが、逆に世間が浮かれている時にこそ、裏方をすることがカッコいいと思っていた。

行われるショーを舞台袖で見守りながら、存外これって天職なのかもなんて、ひとり悦に入ったものだ。

（なにが天職なんだろう、馬鹿らしい）

鼻白んだところで、タルトがトレーにお冷のグラスを載せて、せっせと運んで来てくれた。色鮮やかなベネチアングラスは、確実にお高い代物だ。

今にも落として割らないか、守里はハラハラする。

「だ、大丈夫？」

「はい、大丈夫です！」

いいお返事だが、手つきが危なかっしい。ぬいぐるみたちが給仕に慣れていない様子からも、この店は開店して間もないのかもしれない。

タルトはなんとかテーブルに辿《たど》り着き、短い腕をぷるぷる伸ばして、トレーを「どうぞ!」と守里に差し出す。守里は礼を言ってグラスを受け取った。

(ほんのりフルーティーで、サッパリ飲める)

お冷やはただの水ではなく、レモンやグレープフルーツっぽい柑橘系の味がする。その一工夫もあって、外で掻《か》いた汗がスッと引いていくようだ。

そこでタルトと同じトレーを持ったマスターが、今度は食事を携えて現れた。

「お待たせ致しました、今夜の『おやすみセット』です」

守里の前には、スープが揺蕩《たゆた》う水色の陶器の器と、コルクマットを敷いた上で深い赤のグラタン皿が並べられる。ベネチアングラスといい、食器にもこだわりが窺えた。

「美味しそう……」

熱々に仕上がっているグラタンは、焼き目のついたチーズとホワイトソースがぐつぐつ煮えており、エビやホタテといった魚介の香りが鼻腔を擽《くすぐ》る。

スープはコソンメベースだろうか。ゴロゴロとした牛スジ肉と、キャベツや白ネギ、人参など具だくさんだ。

束の間忘れていた空腹が煽られて、守里はゴクリと喉を鳴らす。

「チーズたっぷりのシーフードグラタンと、牛スジと野菜のスープです。どちらも熱々ですのでお気を付けて」

籐製《とうせい》のカトラリーケースをそっと置いて、マスターはへにゃりと微笑《ほほえ》んだ。美形なのに隙だらけで、相対しているこちらまで気が抜ける。

「いただきます」

守里は木でできたスプーンを手に取り、剝きエビごとグラタンを掬った。チーズが伸びてとろりと垂れる。

吐息で冷ましてから、おそるおそる口に運んだ。

(夢なのに……本当に美味しい！)

チーズとホワイトソースのクリーミーさに、ぷりっとしたエビの弾力が癖になる。ほんのりした甘さが舌に優しい。

続けて飲んだスープも、くたくたになるまで煮込まれた野菜と牛スジの旨みが、コンソメベースによく合っていた。

どちらもなんだか安心する味だ。

ほう……と、恍惚《こうこつ》とした息が、守里のカサついた唇から漏れる。

「最高です……染みます……」

「それはよかった」

にこにこと嬉しそうなマスターと、いつの間にかテーブルの周りに集まっていたぬいぐるみたちに見守られながら、どんどん料理を食べ進める。

マスターはまるで絵本を読むような優しい声で、これが『おやすみセット』である所以を明かした。

「質のいい睡眠を手助けする、『グリシン』というアミノ酸のひとつがあります。グラタンに使ったエビやホタテなどの魚介類、スープに入っている牛スジは、そのグリシンがたっぷりなんです」

なるほど、セットで出される食事には、心地のよい眠りをサポートしてくれる効果があるらしい。

マスターは「寝不足の乾さんにはピッタリかと」と、なんでもない口調で言った。守里は驚き、スプーンを動かしていた手を止める。

「どうして、私の名前……」

「あっ！　社員証にあったので、つい……」

「社員証⁉」

そこで胸元に視線を落とす。

今の今まで、もはや体の一部として同化していて気付かなかったが、しっかり首から社員証が下がっていた。会社名とフルネームが大っぴらになっている。

守里の会社では、社員証の持ち帰りはNGだ。本来なら会社を出る際、外してタイムカード横の箱に入れなくてはいけなかった。

（や、やらかしたあっ！）

恥ずかしくて急いで外し、仕事用のトートバッグに捩じ込んだ。

このままフラフラ歩いていたこともショックだが、三浦にバレたらまた明日ネチネチ小言を食らいそうだ。踏んだり蹴ったりである。

すべては寝不足による注意力散漫のせいなのだが……落ち込む守里に、何故かマスターがペコペコ頭を下げる。

「も、申し訳ありません！　いきなり名前を呼ぶなんて不躾でしたよねっ？」

「いや、そっちは別に……」

「もっとシミュレーション通り、スマートに給仕しようと思っていたのに……接客業って難しい……」

マスターは守里以上に落ち込んでおり、スフレに足をポンポンされて「ドンマイ、取り返していきましょう」なんて慰められている。タルトもアワアワで、ボネはやっぱりのんびりふわふわ浮くだけだ。

なんとも残念極まりない美形マスターと、わちゃわちゃしたぬいぐるみたちの様子に、守里はフッと口元が綻んだ。

お腹が膨れて気が緩んだこともあるのか。

クスクスと笑い声を漏らす。

(久しぶりに取り繕ったものじゃなくて、ちゃんと笑ったかも)

そんな守里に、マスターは「本当に申し訳ありませんでした、乾さん……あっ！」と、立て続けにボケをかます。

「ダメだ、また……！」

「気にしないでください。むしろ名前で呼ぶなら、名字よりは下の方がいいかもです。名字呼びされると、会社にいる気がしちゃって……」

最近は社内の誰かが『乾』の『い』を口にしただけで、ストレス値が同時に上がる音がする。末期だ。

せっかくの癒やし空間にいるのだから、余計な雑音はなく癒やされたい。

「ええっと、守里さんでよろしいですか？」

おずおずと呼んでくれたマスターに続き、ぬいぐるみたちが「マモリさんね！」「マモリさん、マモリさん……覚えました！」「マモリさんー」と各々連呼する。

それが擽ったくて、守里はまた笑う。

「私も覚えました。スフレにタルト、ボネ……マスターはなんていうんですか？」

「俺？　俺の名前は……うっ！」

「えっ⁉」

なんてことはない質問のはずが、マスターは額を押さえて苦悶の表情を浮かべた。ふらりとよろめいた彼に、守里は驚愕の声を上げる。

「ど、どこか具合が悪いんですかっ？　辛いならいったん休んで……！」

「……いや、うん。平気です。俺の名前、でしたよね」

ぬいぐるみたちはマスターを支えるように、彼の体にぎゅっとそれぞれくっつく。まるで彼を守っているみたいだ。

（わ、私、なにか悪いこと聞いちゃった……？）

不安になる守里に対し、マスターは深呼吸を二回してから、「はなびし……はなびしかえで、です」と答えてくれた。

「花畑の『花』に、菱形の『菱』……下の名前も植物の『楓』です、たぶん」

「たぶんって……」

自分の名前なのに、そんな曖昧なことがあるだろうか。守里は違和感を抱くも、次いでふるふると首を横に振る。

（そ、そもそも夢なんだから！　おかしいことばっかりでも、逆におかしくないでしょっ！）

気を取り直して、守里は「楓さんですね」と呼んでみた。マスターこと楓は「はい」と柔らかく返事をする。

名前を呼び合ったことで、一気に距離が縮まった気がした。

楓は食べ終わった食器を下げていく。

「守里さんは、こんな時間までお仕事だったんですか」

「まあ……おまけに電車、乗り過ごしちゃって」

「それは大変でしたね。寝不足になるほど頑張って、お疲れ様です」

なんの飾り気もない、純粋な労わりにじんと来る。

ぬいぐるみたちも「お疲れ様なのです！」「頑張り屋さんね」「えらいー」とポフポフ拍手してくれて、涙腺がいとも簡単に緩んだ。

(会社でも私生活でも、滅多に労わられも褒められもしないし……！)

大人になると貴重なのだ、そういう心遣いは。

しかしながら、守里の自己肯定感はだいぶ時間を掛けて削られている。心遣いをそのまま素直に受け止められず、目元を強く擦りながら「私なんてまったく駄目駄目ですよ」と自嘲する。

「小さいイベント企画会社勤めなんですけど、職場環境は今のところ最悪で……。パワハラ紛いのことをされても、文句も言えないんです。入社して一年目まではやる気もあったんですが、もうすり減っています。友達にも転職を勧められました」

「守里さんは転職したいんですか？」

「……どうでしょう。考えることすら億劫で、不満しかないのに問題を先送りしているんです。やっぱり駄目、ですよね」

「そんなことはありません」

やんわり、だけどキッパリ否定した楓は、なにやらタルトに指示を出す。タルトはコクンと首を縦に振って、パタパタと駆けて行く。

片付けた食器の方は、楓の手からボネが背中に載せて引き受けてくれた。「おっとー」と言いながら決して食器を落とさない、絶妙なバランス感覚だ。

「それでもちゃんと仕事をこなして、将来に向き合おうとしているだけで、守里さんは凄いです。きっと必要なのは、ゆっくり考える時間ですよ」

「考える時間……」

「そのためにも、まずは深く寝て頭を休めましょう」

楓が微笑むと同時に、タルトが今度はそろりそろりとした足取りで戻って来た。

またしてもトレーで飲みものを運んでいるが、お冷のグラスの時よりは見ていてハラハラしない。白地にお花のワンポイントが描かれたマグカップは、これまた質のいいものだろうが、グラスより安定感があった。

「セットのお飲みものです！」

「これは……ホットミルク？」

マグカップを持ち上げた守里は、とろりとした乳白色の液体を覗き込む。

上る湯気からは、ミルクだけではない濃厚な甘い匂いもした。

「なんだろう、絶対知っているこの匂い……」

「それ、バナナホットミルクです」

「あっ！　そうだ、バナナです！」

楓に言われて、守里は納得する。よくよく角度を変えて見れば、ミルクはバナナらしく黄色がかっている気もした。

「バナナは栄養素が豊富で、睡眠にも効果があります。ホットミルクと合わせることで、リラックスして横になれますよ」

「へぇ……」

マスターにしては頼りない印象の楓だが、メニューの解説には説得力がある。

ゆっくり喉に流せば、体の芯からホッとした。バナナのしっとりとした甘さと、熱すぎないちょうどいい温度のホットミルクは、相性も抜群だ。

これで存分に『おやすみセット』を堪能したことになる。

「なんか、悩みまで聞いてもらって……本当に今夜はよく眠れる気がします」

空になったマグカップをテーブルに置いて、守里はバッグを持って立ち上がる。不思議と体も軽かった。

正直、このカフェを夢だと思い込もうとして、でもだんだん現実なのかもと思い、判断はいまだつかない。ただ夢ならとてもいい夢で、現実ならまた来たいと願うほど、守里はこのカフェと楓、ぬいぐるみたちに救われた気分だった。

「夜も遅いし、そろそろ帰りますね。お会計はいくらですか？　カードが使えると有り難いんですが……」

今さらながら、手持ちの現金の少なさを守里は危惧する。こういう個人経営だろうお店は、現金オンリーのところがいまだ多いイメージだ。

そこでスフレがピョンッと、先ほど守里が座っていた椅子に床から飛び乗った。ひらりとエプロンが翻る。さすがウサギらしい跳躍力というところか。

スフレは腕を組んで、堂々と「お金はいらないわ！」と言い放った。

「今の私たちには必要ないもの！」

「えっ？　でも……」

「ねぇ、マスター？」

スフレに同意を求められて、楓も鷹揚に頷く。

「当店はお試し営業期間ということで、お代はけっこうです。このカフェに今夜、守里さんが来てくれた……その事実だけでお釣りが出ます」

今時ドラマのワンシーンでも言わないような、とんだ殺し文句である。守里は全身が熱くなるのを感じた。

「あらあら、マスターったら口説いているの？　女タラシね」

「お、俺はそんなつもりじゃ……！」

「マスターは女性には初心なくせに、顔だけはいいんだから」

なにやらサラリと失礼なスフレに、楓も顔を赤らめて慌てている。

「じゃ、じゃあ、お言葉に甘えて……」

守里は気持ちを落ち着かせつつ、出しかけた財布を引っ込めた。いらないという相手に、無理やりお金を押し付けるのもおかしな話だ。

ただもし、またここに来られた時、必要とあらば現金でまとめて払えるようにはしておこうと密かに決める。

「マスター！　セットのお土産をお渡ししないと！」

「ああっ！　そうだね」

タルトが両手をぶんぶん振れば、楓は思い出したようにハッとする。

のんびり屋だけどできる子なボネが、「これですー」と、なにやら背中に載せて守里の前まで飛んで来た。

紫の布で作られた、五センチにも満たない小さな巾着袋。口には同色の紫のリボンも結ばれている。ボネの角や鬣よりは濃い紫だ。

「お土産って、スフレが言っていたサービスですよね。これは……？」

「手作りのサシェです。いい香りがしますよ」

気を取り直した楓に勧められ、守里は手にした巾着袋を鼻に近付けてみる。

優雅で奥深い、花の香りが広がった。

「ラベンダーの香り……すごく、落ち着けて好きです」

「アロマの定番ですね。ラベンダーは鎮静効果があり、イライラや不安を鎮めてくれます。眠る前に枕元にでも置いてください」

「本当にいただいてもいいんですか？」

料金はタダな上、最後まで安眠に気を遣ったお土産まで……と、守里は恐縮する。サービスが手厚すぎる。

楓は「どうぞどうぞ」と笑うだけだ。

「暗いので、夜道にはお気を付けて」

「はい。あの、いろいろ……」

「お礼もいりませんよ。ここはそういうカフェですから」

玄関口に立った守里は、楓やぬいぐるみたちにお見送りされる。彼等の背後では、王冠を象った照明から、変わらず淡い光が注いでいた。

この光から離れて、外に出ることが惜しく感じてしまう。

それでも、お帰りの時間だ。

ぬいぐるみたちがペコリと揃ってお辞儀する中、楓は蜂蜜色の髪を揺らして、最後にこう口にした。

「――おやすみなさい、よい夜を」

その言葉が耳奥に木霊したまま、カフェから出た後の守里は、思考がずっとふわふわしていた。

ちゃんと明るい道を通ってアパートに帰宅し、鞄はローテーブルの上に。手狭なワンルームは雑多で、物が捨てられない守里の性格を表している。

いつもはシャワーで済ませるところ、ぼんやりしながらも今夜は珍しく湯を張った。だいぶ昔に、纏が誕生日にくれたバスボムを棚から出し、ぽちゃんと投げ入れる。泡を立てて湯に消えるバスボムからは、奇しくもラベンダーの香りがした。

それから頭をドライヤーでしっかり乾かし、パイプベッドに寝転ぶ。サシェは枕元にちゃんとセット。

ようやくここで、ちょっぴり正常な思考が戻って来る。

「世にも奇妙な体験、しちゃったよね……」

明日も仕事のため、スマホでアラームを設定しようとしたところで、電源がつかなくなっていたことを思い出す。だが今開いたら普通に起動した。

ベッドサイドランプはＯＮのままに、大の字で天井を見つめる。

スマホのことも含め、心の底から奇妙な体験だったと思う。

総括してそれ以外の感想が浮かばない。

「いい加減、寝ないと……ふわぁ」

自然と欠伸が出て、訪れた眠気に守里は感動してしまう。こんなにすんなり、眠りに入れそうなのはどのくらいぶりか。

「なにか聴きたい、かも」

ふと守里は、音楽を聴きたいと思った。

眠気にあと一押しが欲しいなと、睡眠時に適している楽曲を、スマホのプレイリストから漁る。就寝前のブルーライトがよくないことくらいは知っているので、直感で選んでスリープタイマーも掛けた。

絞った音量で、曲が始まる。守里の推しである女性シンガーのバラードだ。

「やっぱり好きだなあ」

英語で紡がれる歌詞は、人の弱いところに寄り添うような内容だ。それが透き通るような歌声で、耳へと浸透していく。

学生時代は繰り返し繰り返し聞いていた。

このところまったく聞けていなかったが、好きな曲は変わらず好きなままだったと、守里はなんだか安心して、そっとライトを消した。

闇が部屋を覆えば、瞼がスルスルと落ちて来る。

楓の『おやすみなさい、よい夜を』という言葉を頭でなぞりながら、心地よい微睡の末、意識を手放したのだった。

＊＊＊

翌朝。

ぐっと伸びをして、ベッドの上で上半身を起こす。

アラームが鳴ると同時に目覚めた守里は、頭も体もずいぶんとスッキリしていた。寝不足特有の怠さは跡形もなく、大袈裟だが丸ごと生まれ変わった気さえする。

たった一晩でも質のよい睡眠を取ると、これほど大きな影響を与えるものなのかと、その重要さを噛み締める。

対角にある窓の方に視線を遣れば、眩い朝陽がカーテンの隙間から差し込んでいた。

たままだった。
朝陽に目を細めてから、枕元に手を伸ばす。そこにはしっかり、紫のサシェが存在し
「いい天気……」

「ということは、あのカフェは夢じゃない……？」
物的証拠を握り締めて、ひとまず守里はベッドから下りた。
なにはともあれ、出勤準備だ。
睡眠時間が足りているおかげで、お肌の張りも、髪のキューティクルも申し分ない。
これなら小金井に「先輩もいい歳した女性なんですから、もっとケアした方がいいん
じゃないですかぁ？」などと、嫌味を言われることもないだろう。
トートバッグにサシェを突っ込んで、守里はいつもより余裕を持って家を出た。
一本早い電車に乗れば、意外なほどに空いていた。鮨詰めを回避できて快適な中、ガ
タンゴトンと電車に揺られながら、守里は冴えた頭であれこれと考えてみる。
まずは、転職をどうするかということ。今の会社を辞めるか、続けるかだ。
「……よし」
考えが纏まったところで、電車が到着した。
半袖ブラウスの皺を直して、照り付ける日差しを浴びつつ会社へと向かう。

出勤すれば案の定、社員証を誤って持ち帰った件で、まず三浦から呼び出しを食らった。やはりバレたらしい。

朝礼が始まる前に、オフィスの入り口を出てすぐのところで、またネチネチ攻撃される。

「社員証つけたまま帰るとか、困るよ。トラブルに繋《つな》がりかねないしさ。乾くんね、そんなうっかりミス多くない？　なんでミスするの。どうしたらしなくなるのか、今日の日報に改善案をまとめておいてよ。五百字くらいでね」

またもや無駄に時間を食う、不必要な仕事を増やそうとして来る。

社員証の持ち帰りミスは、古田だってやる。むしろ守里は今回初めてで、彼の方が頻度は多かった。

それでも小心者な三浦は、体格もよくて迫力もある古田には強く出ず、「今後は気を付けてね」くらいで済ませていることを、守里は知っている。

「社員証は私の過失によるものです、申し訳ありませんでした……ですが」

平謝りをしたあとで、守里は勢いよく顔を上げる。

「本日も業務は詰まっており、日報にまとめているような時間はありません」

「んっ？」

「クライアントに関わる業務が、当然優先ですよね」

暗に、デスクの片付けや改善案のまとめなどをやらせるにしても、部下の業務量と優先順位を鑑みろと、そう主張する。それが上司というものだろうと。

毅然とした態度の守里に、三浦の円な目がさらに丸くなる。その目を正面から見据えて、守里は背筋を真っ直ぐ伸ばした。

女性にしては背の高い守里は、猫背さえ止めて胸を張れば、実は古田に匹敵する迫力があるのだ。

目に見えて、三浦はたじろいだ。

「え、ええっとぉ、そういうことなら……乾くんも忙しいだろうし、ね？　日報はいいよ、うん！　反省してくれたならいいから！」

そそくさと去っていった三浦に、守里は「やってやった！」という爽快感と共に拍子抜けする。大きなストレス要因だった三浦からの攻撃は、こんなに簡単に追い払えるものだったのか、と。

（また後で仕返しは来るかもだけど、別にいいや）

足取り軽くデスクに向かえば、ストレス要因その二が喋りかけて来た。

今日も筋骨隆々な腕を、惜しみなくシャツから晒している古田だ。

「おはよう、乾。さっそくだけどさ、新規案件のメールが入っていたんだよ。今から言う条件で使えそうな会場、昼までに調べといてくれ。早めに回答したいんだ」

「……おはようございます、古田先輩」

守里は椅子に腰掛けながら、覗き込んでくる古田を見上げた。

こちらの事情もお構いなしで、いきなり昼までなど無茶ぶりもいいところである。

こうやってなんでも守里に丸投げなのに、クライアントから「仕事が速くて助かります！」と、感謝されるのは古田だけだ。さも当然のように、古田が自分だけの成果にしている場面を何度も見てきた。

今までの守里は、言い返しもせず受け入れて来たけれど……。

「昼までは無理です。そちらを間に合わせるなら、先輩に頼まれた急ぎの別案件がすべて後回しになりますがいいですか」

「はぁ？　全部昼までにいけるだろう」

「いけません」

キッパリNOを叩きつければ、古田が驚いて押し黙る。従順だと思っていた飼い犬に、予想外に噛みつかれたみたいな顔だ。

守里は「先輩が自分でやってください」と追撃しようとして、ふと端の方のデスクに目を走らせた。

　そこでは小金井が、昨日とはまた違うゴテゴテのネイルを施した指で、ポチポチと眠そうにキーボードを押していた。服装も会社よりリゾート地にいそうな彼女に、守里は「小金井さん」と呼び掛ける。

「なんですかぁ？」

「古田先輩の新規案件の会場探し、頼まれてくれないかな？」

「えぇー……それって、乾さんが任されたやつじゃないんですか。なんで私が？」

　守里たちの会話はそれとなく耳に入っていたらしい。

　あからさまに面倒臭いオーラを飛ばしてくる小金井のもとへ、守里はツカツカとヒールを鳴らして歩み寄る。

「私が急ぎの案件で手一杯だから、お願いしたいの」

「それは私もで……」

「今取り掛かっている業務はどれとどれ？」

　有無を言わさず切り込めば、小金井はしぶしぶと言ったように進行中の業務を羅列する。

　どう考えても急ぎのものはひとつもなかった。そこを指摘した上で、守里は「やれそうだね」と笑顔を見せる。

「で、でもぉ」

「まずは小金井さんの方で会場探しをしてみて、候補がゼロなら手伝うから。お願いね？」

「……はい」

「そういうことで、古田先輩。今後は私ばかりに業務を振らず、小金井さんにも振ってください。どちらもアシスタントなんですから」

「お、おう」

固まっていた古田も、狼狽えつつ了承する。

守里はデスクに戻って仕事を始めた。

小金井の席で集まった彼女と古田が、「なんかぁ、今日の乾先輩おかしくないですか？」「それな……」などとヒソヒソ話しているが、無視だ。

（なにかあったら、辞めればいいし！）

……そう、これが転職するか否かについて、守里が決めたことだった。

すぐに辞めて転職……というルートは、今のところは取らない。

今の会社に未練などはないが、守里はイベントに従事する仕事が、なんやかんや好きなままなのだと、電車内でじっくり考えてわかったのだ。いまだこの世界に夢を見ている部分がある。

同じ業種でもっとよい会社を探す手もあるが、せっかく入れた憧れの場所だ。

ここで、もう少し頑張ってみることにした。

ただし、下手にしがみつくことはしないし、なあなあで現状を享受することも止める。

いつでも辞めてやるというマインドを持つだけで、幾分か楽だ。だからこそ、度重なる理不尽に対しても反旗を翻せた。

(あのカフェのおかげだなぁ)

メールのチェック作業がひと段落したところで、バッグからサシェを出して眺める。

ラベンダーはまだ褪せることなく香っている。

守里は今夜また、仕事帰りにあのカフェを探してみるつもりだった。

(楓さんとぬいぐるみたちに、また会いたいな)

——さて。

そんなふうに想いを馳《は》せていた守里だが、少々事情が変わったのは、昼休みに入ったところだった。

六十分のお昼タイムを、だいたい守里は狭い休憩室で、コンビニ弁当やカップラーメンを食べて済ます。少ない従業員でなるべく休憩が被らないよう回しているので、ほぼひとり飯だ。

（カフェで食事している間は賑やかだったのに）

主にぬいぐるみたちのわちゃわちゃした様子が、テーマパークなどでショーを見ているようだった。

そのカフェへまた夜に寄る予定だったが、ケトルのお湯が沸くまでスマホを弄っていたら、閲覧専門で登録したSNSで、守里はビッグニュースを目撃してしまった。

「え……SARASAが音楽番組に出る⁉」

驚愕が叫びとなって休憩室に響き渡る。

昨晩も入眠BGMにしていた守里の推しシンガーの、アーティスト名こそがSARASAだ。今夜放送のご長寿音楽番組に出演すると、彼女の所属する事務所の公式アカウントが告知していた。

守里が把握している範囲では、日本の番組に出演するのは初めてである。

（いや、このところ情報追えてなかったから、けっこう出ていたの？　あっ、ドラマの挿入歌担当していたんだ！　知らなかった！）

疲れていると、SNSの情報すら脳に重たくて避けていたことを、守里は後悔する。

知らぬ前に推しの知名度は向上していたようだ。

昨晩から復活した、ファン熱が一気に燃え上がる。

ついでにピーッとお湯も沸騰した。

(必ず帰ってリアタイしたい……!)

リアタイ、つまり番組をリアルタイムで観たい。

放送時間は夜の八時で、日常と化している残業をこなせば確実に間に合わないが、今日の守里はなんだかイケる気がしていた。必ず時間までに退社して帰ってみせる。

「でもそれだと、カフェに行けないよね……」

ううんと、カップラーメンにお湯を注ぎながら唸る。新発売の豚骨ラーメンだ。

守里はできれば早く、カフェがサシェと同様に、現実に存在しているかだけでも確かめたかった。いまだにリアルな夢説が捨て切れていない。

電車内で検索したところ『ぐっすりカフェ』なる店はヒットせず、SNSにも情報は転がっていなかったので尚更だ。

(ただ、道もかなり曖昧なんだよね……。夜に行くより、試しに昼に行って場所だけでも確かめてみようかな)

下手に夜中、危険の多い夜道で迷うよりはいいかもしれない。

しかも明日は土曜日だが、週明けから行われる展示会の会場設営に、守里は午前だけ立ち会うという仕事がある。案件担当の古田は別件で来ず、アシスタントの守里ひとりだ。その会場が、昨晩乗り過ごした駅の近くだったはずだ。

もとより直行直帰の予定だったので、その帰りにカフェ探しをすることに決める。

(それで店を確認できたら、夜にまた行ってみればいいもんね)

すべての段取りが決まって、守里は気分よく三分経ったラーメンを啜った。

普通に旨い。

けれど連日これでは体に悪いよなあと、今さらながら食生活を顧みる。

晩御飯も昼と似たり寄ったりな内容なので、カフェで出された丁寧な食事が如何に心に沁みたか……。

さっそく次の『ぐっすりセット』が恋しくなったが、残業回避を目指して力をつけるためにも、ラーメンはしっかり完食したのだった。

＊＊＊

翌日の朝も、守里は快適に目覚めた。

いろいろ開き直ったことにより、ストレスが軽減されたことが一番の要因だろう。

ただ……カフェに行った夜よりは睡眠は浅く、もっと日常的に改善していくためにも、やはりあの場所に通いたいと思ってしまう。

（とりあえず、設営の立ち会いを頑張ろう）

いそいそと起き上がって支度する。

朝食は抜く派だが、少しエネルギーが欲しくなり、冷蔵庫に辛うじてミニカップのヨーグルトがあったので、インスタントコーヒーと共に胃へ入れた。朝に食欲があるのも、十分な睡眠を取った成果だろうか。

昨晩もさすがに残業ゼロ時間とまではいかなったが、無事に音楽番組でＳＡＲＡＳＡの出番はリアタイできたので、仕事のモチベーションも悪くはない。

「よし、行ってきます」

普段はわざわざ言わないが、誰もいなくなる部屋にそう告げて、守里は本日も快晴の空の下に出た。

定刻通りに設営は始まり、立ち会いは恙なく進行。何度か顔を合わせている若いクライアントからは「乾さん、なんか調子よさそうですね。ご意見もたくさん助かります」などと、思いがけずお褒めもいただいた。

（頭が回っているからかな？　改善点とかも思い付くっていうか……展示会、成功する

といいな)

このところは失敗さえしなければいいと、そんな最低限の考えだったため、入社当時の情熱がほんの少し蘇った。

ちゃんと喜ばれる仕事がしたい。

その後は会場を出て、いよいよカフェ探しに向かう。

夜には赤々と灯っていた居酒屋の提灯は、今は鳴りを潜めている。同じ道を歩いていても、まったく違う空間のようだ。

「確か、こっちの角を曲がって……」

おぼろげな記憶を頼りに、大通りから小道に入る。

きょろきょろしながら歩く守里の足元を、一匹の黒猫が通り過ぎていった。猫といえば、カフェのぬいぐるみたちにはいなかったなと思う。

(今さらだけど……あの子たちは本当にぬいぐるみ、でいいのかな？　サシェも彼等も、作ったのは楓さん？)

あれこれ思考を働かせていたら、ついにカフェの場所に辿り着く。

同時に守里は目を見開いた。

「――空き家？」

建物も場所も間違いはない。小屋のような一階建てのこぢんまりした物件が、小道の角地に建っている。

しかしそれは到底、店の様相ではなかった。

オープン前だからというわけでなく、まさしく空き家状態なのだ。

建物の周りは雑草が生え放題で、長い間放置されて来たことがわかる。近所の子供の仕業だろうか、壁には赤い絵の具かなにかで『おばけやしき』と落書きがあり、守里は反射的に肩を跳ねさせた。ホラーは大の苦手だ。

入り口の扉は劣化して今にも外れそうで、ランタン風のブラケットライトも、カフェ名が書かれた立て看板も見当たらない。

どこもかしこも、お化け屋敷と揶揄われても仕方ない有様だ。

「そ、そんなわけ……」

守里は慎重に草を踏み分け、窓から中を覗いた。そこはがらんどうな暗い空間で、砂埃だけが汚らしく舞っている。

「楓さん……？」

ぽろりとマスターの名が口から零れるが、当然返事はない。

途方に暮れた守里の頭上では、真っ昼間の太陽が燦々《さんさん》と輝いていた。

二話　三日月とウサギ

高嶺波瑠斗《たかみねはると》には、子供の頃から大切な友達がいた。

内向的で人と話すのが苦手な波瑠斗にとって、唯一無二の心友と言っていい相手。そう、心の友と書いて心友だ。

辛い時はいつだって話を聞いてくれ、傍にいてくれる。

楽しい時はその楽しさを分かち合える。

波瑠斗と『あの子』はなにをするにも一緒だった。『あの子』さえいてくれたら、他に友達なんていらなかった。

けれど……少し広い世界に目を向けると、波瑠斗はこのままでいいのか、疑問を持ってしまった。

本当にずっと、『あの子』とだけいていいのか。

こんな自分でも、少しなら踏み出せるのではないか。

そう意識が変わることで、波瑠斗にはついに『あの子』以外の新しい友人ができた。

そちらとの日々は新鮮かつ刺激的で、どんどん他にも付き合いは増えていき、徐々に

『あの子』とは共にいる機会も減ってしまった。

それでも波瑠斗にとって、『あの子』が大切なことは変わらなかったはずだ。


……変わらなかった、はずなのに。

＊＊＊

「いらっしゃいませ、守里さん。また来てくれたんですね、嬉しいです」

本当に嬉しそうに破顔する楓と、「マモリさんじゃない！」「わーい、いらっしゃいませ！」「マモリさんー」と、各々飛んで跳ねて歓迎してくれるぬいぐるみたち。

そんな彼等を前に、守里は来られた喜び半分、困惑半分。

頭がショートしそうだった。

（このカフェ、なにがいったいどうなっているの？）

――守里が再び『ぐっすりカフェ』に来店できたのは、初回から五日後の今日だ。

昼に見に行ったら空き家だったという、衝撃の後。

守里は茫然自失ながらも家へと帰った。眠るわけではないが布団に転がって、ただただ天井を小一時間仰いでから、冷静になって一から考えてみようとしたところで、スマホの電話が鳴った。

古田からで、彼は土日に掛けて行われる企業イベントの現場にいたはずだ。電話の向こうで、古田は「すぐに来てくれ！」と叫んだ。

イベント開始は午後からなのだが、出演者が最終リハに来ず本番にも遅れそうで、機材はすでに不調が見つかり、雇ったスタッフにも欠員が出て……と、トラブルの見本市みたいな事態になっているらしかった。

さすがに古田ひとりでは対応し切れなくて、守里にヘルプを求めて来たわけだ。

先輩の切羽詰まった様子に、守里は飛び起きて現場に走った。

そこからは目が回るほど動き続け、翌日の日曜日まで欠員スタッフの分も働き、どうにかこうにか表向きは無事にイベントを終えられた。月曜日は月曜日で、その事後処理と別案件に追われ、帰宅は終電ギリギリ。

火曜日の本日になってやっと落ち着き、仕事帰りの夜にこうして諦めずカフェに訪れてみたわけだ。

（普通に営業していて、悲鳴が出掛けたけど……）

夜空に爪痕をつけたような、三日月の下。

シンデレラがみすぼらしい姿から、魔法で一瞬のうちに美しいドレスへ着替えたかの如く、空き家だった場所がまたもやカフェに変身していた。

そんな馬鹿な……とおそるおそる入れば、楓たちは当たり前のようにそこにいた。

(もう夢ではないことは確かだよね？　でもここが現実とも思えない)

店内にはまたもクラシックが流れている。

ドイツの作曲家、ロベルト＝シューマンの『トロイメライ』だ。

ゆったりした旋律を聞きながら悩んでいると、スフレとタルトがくいくいと、左右から守里のスカートの裾を引いた。

「今夜はテーブル席の用意がまだなの。拭き終わっていなくて」

「カウンター席にご案内します！」

「あ……う、うん」

そのまま引っ張られ、カウンター席にある脚の長い椅子に座らせられる。ボネが空中からお冷のグラスを置いてくれた。

カウンター越しに、楓が心配そうに守里の顔を窺う。

「またもや疲れているご様子ですが、大丈夫ですか？」

「えっ？」

「ちゃんと眠れていますか？　おやすみセットも、サシェも効果なかったかな……」

「そ、そんなことないです！」

見る見る萎れていく楓に、慌てて守里は否定する。

「どちらも凄く効果ありました！　サシェはもうお守りです！　ただ土日に、仕事のトラブル対応に駆り出されまして……」

「それは……大変でしたね」

「イベントにトラブルはつきものなんで、そう珍しいことではないんです。確かに疲れはしましたけど、このカフェに来たことがきっかけで、職場環境も少しよくなったというか……今回のことでストレスは意外となくて」

今回のトラブル対応では、完全に古田は守里に助けられた立場だ。日曜日なんてシフト上では休みだったのに、丸々休日出勤させられた。

それでもまだ高圧的に、『後輩が先輩に尽くすのは当然だろう』という態度で来るかと思いきや、「あー……急に手伝わせて悪かったな。助かったよ」と、気まずげながらも彼はお礼を述べた。

また会社での事後処理も、守里から小金井に仕事を振れば、口答えせず存外すんなり受けてくれた。古田が小金井に雑用を頼む場面もあった。

三浦に至っては、不必要に話しかけて来ないだけで負担軽減である。

溜め込んでいた不満をぶつけたことで、軽く扱われていた守里の存在が、職場での重みを取り戻しつつあるのだ。

仕事は相変わらず激務だが、ずいぶんと働きやすくなったとは思う。

「それはなによりです」

楓はまるで自分のことのように安堵し、整った目元を緩めた。

ただのお客のことにも心を砕いてくれる様子に、守里は不意打ちでキュンと来てしまう。

「あ、あの、楓さん！　ところで、このカフェって……！」

「ん？」

「カフェは、ええっと……な、なんでもないです」

トキメいた事実をごまかすように、守里は勢いでカフェの存在について問い質そうとするも、楓と真正面から目が合うと尻込みしてしまう。

(なんか、なんだろう。今は聞いちゃダメかなって)

守里が思うに、このカフェは夜にだけ来店できる。

まさしく魔法のようだからこそ、下手に守里が突っ込んでしまうと、その魔法は解けてしまう気がした。

そんなことを考えていた時だ。

カランカランと、新たな来客を告げる音がする。

「す、すみません……ここって……」

おどおどしながら入って来たのは、マッシュヘアーの茶髪の青年だった。

素朴な顔立ちで、守里より若干背が低い華奢な体軀に、量販店で揃えただろう白黒ボーダーのポロシャツとジーンズを合わせている。斜め掛けのトートバッグの紐をぎゅっと握る様は、如何にも気弱な印象だ。

高校生くらいにも見えるが、この時間帯に出歩いているのなら大学生か。

チラッと、守里は後ろを振り返って観察する。

「あらっ！　今夜はお客様第二号じゃないの？」

「わー！　嬉しいです、いらっしゃいませ！」

「ませー」

「ぬ、ぬいぐるみ⁉」

わらわらと出迎えたぬいぐるみたちに、青年は顔いっぱいに驚愕を張り付けた。

（そりゃそうだよね、驚くよね）

綿でできたぬいぐるみが人間さながらに、動いて喋って給仕しているのだ。ボネに至っては浮いている。

(得体が知れなくて、人によっては怖がるかも……)

守里は気弱な印象の青年を案じてしまう。

しかし次の青年の反応は、守里の思っていたものとは些か違った。

「か、可愛すぎる……！　あの、抱き締めても構いませんか⁉」

ぬいぐるみたちに、青年は大いに食いついた。スフレの前にしゃがみ込み、好物を前にした子供のように目をキラキラさせている。

「抱き締めるのは制服が皺になるからNGよ。でも丁寧に抱き上げてくれるなら、大事なお客様だしいいわ」

スフレは満更でもなさそうに、短い両腕を広げてみせる。

青年は「わあっ！　で、では失礼致します！」と律儀に頭を下げて、スフレをそうっと抱き上げた。

「ふわふわだ……！　ウサギさん、お名前はなんて言うんですか？」

「スフレよ。貴方は？」

「僕は高嶺波瑠斗と申します。このカフェにはたまたま……ハッ！」

ぬいぐるみたちしか目に入っていなかった波瑠斗は、ようやく己を見つめる楓と守里の存在を認識した。

「うわあっ！　す、すみません！」

慌ててスフレを床に下ろして、目線を泳がせる波瑠斗。

奇怪なぬいぐるみは平気で、同じ人間は苦手なのか。明らかに心の扉を急速に閉めたとわかる。

「いえいえ、波瑠斗さんですね。当カフェへ、ようこそおいでくださいました」

カウンターから出た楓は、人好きのする笑顔で波瑠斗に歩み寄った。「席はあちらでよろしいですか？」と、守里の隣の席を示す。

途端に「あー」やら「うー」やら挙動不審になる波瑠斗に、守里は察した。

（人見知りっぽいし……初対面の女性のすぐ隣の席なんて、遠慮したいんじゃないかな）

カウンター自体がそう広くないので、隣同士なら下手したら腕がぶつかる近さだ。

コミュニケーション能力が高い者ならなにも問題ないが、低い者にはいろいろと厳しいのだろう。

ただ、どちらにせよカウンター席しか今宵は選べず、三つあるうち守里がなにも考えず真ん中に座ってしまったため、波瑠斗に選択肢はなかった。

守里は気を遣い、硬直中の波瑠斗に座ったまま声を掛ける。

「私、ひとつズレようか？　真ん中空けるよ」

それなら右端と左端に座れ、彼も落ち着けるはずだ。けれど波瑠斗は、ワンテンポ遅れて「い、いえ！」と首をブンブン横に振った。

「さ、先に座っていたのに、わざわざ申し訳ないです……！」

「別にいいよ、ズレるくらい」

「僕のことは気にしないでください！　あ、あのあのあの！　お隣失礼します！」

波瑠斗はギクシャクした動きで、守里の右隣に腰を下ろした。見知らぬ女性の横に座るより、見知らぬ女性に気を遣われる方が気まずかったようだ。

鞄を膝に載せて縮こまる波瑠斗を、守里は横目で窺う。緊張からか顔が青褪めているが、どうやらもともとの顔色があまりよくなさそうだ。

「波瑠斗さんも、寝不足のようですね」

「ど、どうしてそのこと……！」

その原因をズバリと言い当てた楓は、「それなら『おやすみセット』がオススメですよ」と微笑む。

（ここって、眠れない人がやってくるの？）

そういえばスフレも、それに近いことを零していた。

メニューを空中から運んで来たボネに、波瑠斗は「凄い、ちゃんと働いている！　賢い！　可愛い！」とまたも興奮している。

結局、導かれるように波瑠斗は『おやすみセット』を頼み、守里もそれに倣った。セットが来るまでしばし暇ができる。

「……波瑠斗くん、って呼んでいいかな？」

「うぇっ⁉　は、はい！」

守里が話しかけると、またも一気に恐縮される。

そんな彼に苦笑しつつ、「生きているぬいぐるみに驚かないんだね」と、気になっていたことを尋ねてみた。

「あ……ほ、本当ですよね。普通は驚きますよね」

「まあ、私は驚いたかな」

「寝不足な上に慣れないお酒の場にいたものだから、なんか頭がぼんやりしていて……当たり前のことに思えたというか……」

なるほど。ここは夢の世界だと考えた守里に近く、現実と空想の境目があやふやな状態らしい。

「今も然程、疑問視はしていなくて……お、おかしいですかね。すみません！」

「私も深く考えるのはいったん保留にしたし、いいんじゃないかな？　波瑠斗くんが受け入れているなら」

「は、はあ」

怖がっていないなら無問題だと、守里も寛容になって来た。

「お酒飲んでたの？　やっぱり大学生？」

「だ、大学生ですけど、今年入学したばかりで飲めない年です。そこの居酒屋でサークルの飲み会があって、飲まずに参加していました」

大学名を聞けば、ここらでは一、二を争う偏差値の高い有名大学だった。そこの経済学部所属らしい。

「オレンジジュースだけ飲みながら、先輩たちが騒ぐところを見ていたんですが、場にいるだけで酔ってしまったというか……」

消え入りそうな声で、ボソボソと波瑠斗はここに来た経緯を明かす。

ビールの匂いだけで気持ち悪くなり、休めるところを探してフラフラしていたら、カフェの灯りに誘われたという。

「どんなサークルに入っているの？」

「あ……テニスサークル、です」

「テニス！」

意外な選択で、守里は意表を突かれる。スポーツを好むイメージは正直なかった。

「雄哉《ゆうや》に誘われて……あっ！　雄哉っていうのは友達なんですけど、彼のゴリ押しに負けて、僕は初心者なのにテニスサークルに……ええっと」

喋り下手なことがありありと伝わって来る波瑠斗は、ここで「ふう……」といったん息をつく。話している間、ボネが頭上から「ふぁいとー」と応援していた。

波瑠斗は汗もじっとり掻いていて、喉もカラカラなことだろう。

そのタイミングで、スフレが守里たちの背後からトレーを差し出した。お冷のグラスがひとつ載っている。

「あ、ありがとうございます！」

スフレから受け取った波瑠斗は、ゴクゴクと一気に飲み干す。

氷がカランと音を立てたところで、厨房に消えていた楓も現れる。彼はカウンターから、セットの料理を守里と波瑠斗の前にそれぞれ出した。

「今夜の一品は、『玄米焼きおにぎりの出汁茶漬け』です」

「お茶漬けですか」

予想外で、守里はまじまじとお椀の中を覗く。

お椀といっても和風の焼きものではなく、洋風の店内にも合う白木でできたものだ。触れると木がしっとり手に馴染む。

温かい湯気の向こうでは、焼き目のついたおにぎりがどんと横たわっており、これに玄米が使われているらしい。トッピングは小ネギに白胡麻、細かく刻まれた大葉。それらが浸る出汁からは、なんとも空腹を煽るよい匂いが立ち上っている。

実はお茶漬けが食べられるカフェは存外多く、特に女性に人気が高いという。

「お茶漬け……実家のお母さんに作ってもらった以来です。い、いただきます」

波瑠斗はお椀と共に置かれた、同じく木製のれんげを慎重に手に取る。

守里も手にして、先っぽで焼きおにぎりを崩した。ほろっとほぐれた玄米を、出汁ごと掬って大葉と一口。

「優しい味……」

上品な鰹出汁がスッと喉を通り、玄米特有のぷちぷちとした食感がくせになる。焼いたことによる香ばしさと、大葉の爽やかさも加わって、まさしく胃に優しい味である。

「玄米には『GABA』という、脳や精髄に多く存在するアミノ酸の一種が含まれています。これによって興奮や緊張を和らげ、快適な眠りを促しますよ」

「やっぱりお茶漬けの食材も、安眠効果のあるものなんですね」

初回で食べたグラタンやスープもそうだった。

ただ美味しいだけではなくて、よい食事とよい睡眠は一続きなのだなと理解させられる。

（波瑠斗くんは、なんで寝不足なんだろう……？）

隣の波瑠斗は、一心不乱にれんげを動かしている。食事中は喋らず味わいたいタイプのようだ。

食べ終わる頃を見計らい、またも守里は本人に尋ねてみようかなと思ったが、これ以上踏み込んだ質問はよくないかな……とも思い直し、おにぎりを突きつつ悩んだ。

職業柄、新規で知り合う人が多いため、守里は初対面でもコミュニケーションはわりと積極的に取る方だ。

しかし波瑠斗は性格的に、そういう会話は遠慮したいに違いない。

そこで動いたのは、波瑠斗の椅子の下にいるスフレだった。長いウサギ耳をゆらゆらさせながら「で、ハルトさんが眠れない原因はなんなの？」と、なんの気負いもなく質問のボールを投げつける。

「ぼ、僕の眠れない原因ですか……？」

「そうよ。話してご覧なさい」

手を止めて呆ける波瑠斗の膝に、スフレは椅子をよじ登ってまんまと収まる。膝の上で催促するように、スカートから伸びる丸い足をパタパタさせた。

そんなスフレを見上げて、あわあわしているのはタルトだ。

「ダ、ダメだよ！　そんなお客様に強引な……！」

「なによ、直球で聞いた方が早いでしょう」

「そうだけど！　お客様相手に偉そうだよ！」

「これがワタシの接客スタイルなの」

エプロンを身に着けた胸を、えっへんと張るスフレ。当の波瑠斗はまた「か、可愛い！」と悶えている。

波瑠斗はどうにもスフレに甘い。

「食事で睡眠の質を上げても、眠れない原因が改善しないと根本的な解決にならないわ。そうよね、マモリさん？」

「えっ⁉」

いきなり矛先を向けられて、守里は狼狽えつつも「そ、そうだね」と同意する。

このカフェが眠れない人のため、真夜中にだけ開く不思議なカフェだとして……。ここで働く彼等の目的はきっと、そんな不眠でお困りのお客様が、少しでも安眠できるように手助けをすることだ。

その一貫で、お悩み相談にも乗るとスフレは言っている。ぬいぐるみに相談とはこれ如何にだが、波瑠斗には人間が促すより効果はあったようだ。

「は、話してみてもいいですか……？」

「どうぞ。原因の改善とまではいかずとも、他人に話すことで解決の糸口が見つかることはありますし」

蜂蜜色の髪をふわふわさせながら後押ししたのは、カウンターの向こうに立つ楓だ。春風のように穏やかな彼の笑みに、波瑠斗も人間相手でも安心したのか、膝上のスフレに目線を落としつつ話し出す。

「その、もうバレているので白状すると、僕はぬいぐるみとかスイーツとか……とにかく可愛いものに目がなくて」

後ろめたそうに隠れた趣味なのだと波瑠斗は言うが、守里は「あ、隠しているのか」とそっちに驚いた。

スフレたちがあまりにツボだったため、つい興奮してしまったが、外ではその面はなるべく出さないようにしているという。

守里はうーんと首を傾げる。

「別に公表してもいいんじゃないかな？　最近はけっこう男の子でも、可愛いもの好きだって子は堂々としているし」

「そうですよ。俺なんてぬいぐるみを従業員にしていますよ」

楓の発言は、ボケなのか真剣なのか。

取り扱い難かったため、守里はスルーする。

「へ、偏見を持たない方がいてくれるのもわかるんです。でも僕、根暗な引っ込み思案のせいで、本当にずっと友達がいなくて……ウサギのぬいぐるみの『みぃちゃん』だけが、長らく僕の友達でした」

みぃちゃんはスフレの一回りほど大きい、耳の垂れたロップイヤー種のぬいぐるみだ。お腹を押すと「みぃみぃ」と鳴くからみぃちゃんと、幼い波瑠斗が名付けた。

出会いは、波瑠斗が小学校に上がる前。今は亡き父方の祖母が、誕生日プレゼントに買って来てくれたのがみぃちゃんだった。

波瑠斗の両親は、特に母の方が「もっと男の子らしく……」と小言が絶えないそうだが、その祖母だけは「波瑠斗の好きにしたらいいの」と常におおらかだった。本当に波瑠斗が欲しかったものをくれたのだ。

波瑠斗にとって、祖母とみぃちゃんだけが味方だった。

高齢の祖母が亡くなってから、みぃちゃんが唯一になった。

言うなれば、心の友と書いて心友だ。

「スフレさんたちみたいに、みぃちゃんは話せないし動かないし、本当にただのぬいぐるみです。だけど僕には特別でした。高校を卒業するまで、年とか関係なく一緒に寝ていましたし、毎晩一日の出来事を報告して……あ、あの、引いていません？」

「引いていないから、さっさと話して」

「は、はい！　すみません！」

膝上からスフレが急かし、波瑠斗がペコペコする。

性格の相性故か、スフレは波瑠斗に遠慮がない。波瑠斗もスフレに甘いのは、みぃちゃんと同じウサギのぬいぐるみなせいか。

タルトは「またお客様に失礼なー！」と喚いているが、波瑠斗は「気にしてないですよ」と頬を掻いた。

「えっと、どこまで話しましたっけ？　あ、そうだ……大学に入って一人暮らしを始めることになって……いい加減、人間の友人を作るべきかなと思うようになりまして……。そう意識し出した時に、歴史地理学の授業でペアになったのが雄哉でした」

その授業ではくじ引きでペアを決め、前学期を通して同じ相手とフィールドワークを行うことになっていた。

小池《こいけ》雄哉は金髪が目立つ垢抜けた容姿で、性格はノリがよく気さく。いつも多くの人に囲まれており、日陰に住む波瑠斗とはあまりにも生きる世界が違った。

そんな雄哉とペア活動とは。

波瑠斗は最初、残酷な運命を呪った。

絶対に相容れない……！　と血の気が引き、みぃちゃんに「怖い怖い講義に出たくない怖い」と繰り返していたという。

小中高と、似た状況に陥《おちい》ったことは何度かあるが、その度に相手から「こんな根暗くんとペアかよ」やら「ペアって変えられないんですか？」などと、散々嫌がられて来たのだ。大学生になっても、惨めな思いはしたくなかった。

しかし……いざ共に活動が始まると、雄哉は存外に真面目ないい奴で、波瑠斗を貶すような言動は一切取らなかった。

「雄哉って、適当に呼んでもらっていいから。よろしくな」

「よ、よろしく……ご、ごめんね。僕みたいなのと組むことになって……」

「なんで？　俺、授業は大事な金払っている分、真剣に受けたいし。高嶺みたいな、ちゃんとやってくれそうな相手でよかったよ」

そうなんでもないように笑った雄哉と、波瑠斗は意外なほど馬が合った。

地道な作業も雄哉は率先してこなしくれ、波瑠斗も徐々に自ら意見を出すようになって、ふたりで作り上げたレポートは教授から高い評価を収めたそうだ。

雄哉と仲良くなるにつれ、波瑠斗の人付き合いの輪もちょっとずつ広がっていった。

テニスサークルも雄哉が誘うので、波瑠斗はまったく興味がなかったが入ってみた。

正直合わないとは感じているが、先輩方は軒並み親切なので悪くはなかった。自分でも慣れたらけっこう人と会話できるのだなと知った。

すべて上手く取り持ってくれたのは、雄哉だ。

いつの間にか波瑠斗にとって、雄哉はかけがえのない友人になっていた。

ただ……波瑠斗がぬいぐるみを愛でる、可愛いもの好き男子であることは、いまだに雄哉には明かしていなかった。

「キモがられるかもって、想像するだけでもう吐きそうで……。そんな奴じゃないってわかっていても、可能性があるだけで怖いんです」

「……そっか」

せっかくできた友人だからこそ、波瑠斗が臆病になりすぎることもわかり、守里は頷くに留める。

なにも友達だからと、なんでもかんでも打ち明ける必要もない。このまま隠しておこうと、波瑠斗も初めは考えていた。

けれど雄哉といる時間が増えると、それもまた難しくなって行き……。

「雄哉と遊びに行った際に、みぃちゃんに買いたいリボンや小物が売っていても、涙を呑んで我慢しました。雄哉が僕の家に遊びに来た際は、可愛い系のインテリアはすべて片付けました。もちろん、みぃちゃんも押入れに……」

「そ、それは大変だったね」

「だから僕……趣味を卒業して、みぃちゃんともお別れすることにしたんです」

「えっ？　お、お別れってどういうこと？」

ここにこそ、波瑠斗が不眠になった原因があった。

波瑠斗は思い切って、みぃちゃんをゴミ袋の中に入れ、わざわざ実家の母に「捨てておいて欲しい」と頼みに行った。さすがに自分ではゴミ捨て場に持っていけなかったため、確実に捨ててくれるだろう母に託したのだ。

「ゴミ袋ですって⁉　ぬいぐるみ殺害事件……殺ぬいよ！　殺ぬい！」

「ボ、ボク……捨てられるのは勘弁ですー！」

「やだーやだー」

一気にぬいぐるみたちは阿鼻叫喚になる。

スフレは逃げるように波瑠斗の膝上から飛び降りてしまい、波瑠斗は「わー！　ごめんなさい、ごめんなさい！」と半泣きで謝った。

「それが三日前のことで……みぃちゃんがいなくなってから、まったく眠れなくて。捨てる時はこうすることが正しいんだって、僕がみぃちゃんも可愛いものも全部捨てれば丸く収まるんだって、そう思い込んでいました。けど……」

俯いた波瑠斗からは、後悔がありありと伝わってくる。

みぃちゃんが泣いている想像が頭を離れず、なにをするにも気もそぞろになり、雄哉にも心配されたという。サークルの飲み会に参加したのは、気分転換を狙ってだった。

「大好きなおばあちゃんの形見でもあったのに、なんで僕は……っ」

波瑠斗は本格的に鼻をすすり出した。

確かにこんな状態では、眠るに眠れないだろう。

「波瑠斗くん……」

「お話し中、失礼致しますよ」

守里がなんと声を掛けるべきか迷っているうちに、トンッと楓がカウンターにティーポットを置いた。

ガラス製の透明なそれには、薄い黄緑色のお茶が波打っている。

「こちら、セットのお飲みものになります。温かいカモミールティーで、ハーブを練り込んだクッキーもお供にどうぞ」

カチャカチャ音がしていたかと思えば、波瑠斗の話に耳を傾けながらも、楓はカウンター裏でお茶の準備を進めていたらしい。

次いで置かれたレエス模様の丸皿には、ウサギ、クマ、ユニコーン……つまりスフレたちの形を模したクッキーが、二枚ずつ並んでいた。今夜はお茶菓子もつくようだ。

「めっ……めちゃめちゃ可愛いです！」

俯いていたはずの波瑠斗の目が、今日一番に輝く。

げんきんなことに、涙も引っ込んだようだ。

(そっか、スイーツも好きだって言っていたもんね)

守里はその反応を微笑ましく思う。

スイーツ×ぬいぐるみのモチーフは、波瑠斗にとって『最高の可愛い』なのだろう。

「お茶とクッキーに使ったハーブは、カモミールにレモンバーム、リンデンなどで、いずれも心を静めて眠りに誘う効能があります。ですが……やっぱり波瑠斗さんの眠りにもっとも必要なのは、みぃちゃんさんの存在ではないでしょうか」

「え……」

弾かれたように、波瑠斗はクッキーから楓の顔に視線を移す。

蒸らし時間が終わったのか、楓の方はポットと同じ透明なカップに、カモミールティーをゆっくりふたり分注いだ。

おっとり屋で少々ドジも踏む楓のことなので、守里は密かにハラハラしていたが、彼のお茶を淹れる所作は完璧だった。

「さあ、先にティーをどうぞ。守里さんも」

「は、はい」

「私もいただきます」

空いたお茶漬けの器やれんげは、トレーを背に載せたボネと、カウンターに上がったタルトが、さり気なく手分けして回収してくれた。

カモミールティーはスッキリした飲み心地で、舌から体の疲れが徐々にリセットされるようだ。ハーブのクッキーも風味がよく、無限に食べられてしまう。

「んっ！　眠る前のちょっとしたティータイムに、とてもピッタリですね。波瑠斗くんは食べないの？」

「可愛いので、勿体なくて……」

カモミールティーには口をつけても、波瑠斗の手は一向にクッキーへ伸びない。

こんなに可愛いものが大好きなのに、よくみぃちゃんを手放せたものだ。それほど追い詰められていたということだろうが……と、守里は眉を下げる。

「やっぱり波瑠斗くんは、今のままでいいと思うよ。無理やり趣味を止めなくても」

「俺もそう思いますよ。眠れなくなるほどなら、捨てるべきじゃないです」

守里に続いて、楓もやんわり諭す。

素朴な顔立ちを、波瑠斗はくしゃりと歪めた。

「で、でも、雄哉にはもう隠せなくて……みぃちゃんも僕のせいでいなく……っ」

「そのことなんだけど、ユーヤってすでに気付いているんじゃないかしら？」

割り込んだのはスフレで、「殺ぬいよ！」と騒いで壁際まで離れていたが、ひょこひょこと波瑠斗の足元まで戻って来る。

「気付いているって……どういう意味ですか？」

「ハルトが思うほど、別に隠せてないってことよ。好きなものを前にするとこんなにわかりやすいハルトが、仲のいい友人相手にごまかせているとは思えないわ。ユーヤはとっくに気付いていて、でもハルトが隠したそうだから触れないだけじゃないの」

そのスフレの指摘に、守里は「なるほど」としっくり来た。

波瑠斗が顔や態度に感情が出やすく、嘘もつけない質であることは、この短い交流で守里でもわかる。

買いたいものを我慢したり、部屋を片付けたりと頑張ってはいたようだが、最初から雄哉には筒抜けだったという説はかなり有力な気がした。

そして雄哉は持ち前の友達への優しさと気遣いで、ノータッチでいてくれただけかもしれない。

「え、えぇ……それが本当なら、僕ってかなり恥ずかしい奴じゃ……」

「本当ならね」

「うわあっ！　で、でもありえる！　雄哉はけっこう鋭いし、僕も思い返せばボロを出してばかりで……大いにありえます！」

カップのお茶が零れかけるほど、わーわーと波瑠斗は頭を抱えてしまう。心当たりがいろいろあるようだ。

ただ、これはあくまで有力な説というだけである。

「うだうだ言ってないで、もうユーヤに直接聞いてみなさいよ。もし気付いてなくて墓穴を掘っても、それはそれで諦めなさい。その方がスッキリするわよ、きっと」

「み、身も蓋もない……でも、結局みぃちゃんは……」

「そっちも、まだ捨てられているかわからないじゃない」

まずはすべて確かめてみろと、スフレは波瑠斗に文字通り活を入れる。

えいやっ！　とジャンプして体を捻り、うさ耳アタックを波瑠斗の背中に決めたのだ。

中身は綿なので痛くはないだろうが、波瑠斗は「は、はいっ！」と叩かれた背中をピンと伸ばした。

これはさすがにタルトだけでなく、楓も慌てる。

「こら、スフレ！　接客業にあるまじき行為だから……！　お店の評価が下がって炎上するやつだよ！」

「楓さん、炎上とか気にするんですね……」

不思議カフェのオーナーなのに、変に現実的なところがおかしい。

そもそもこのカフェは、来店した時点でスマホの電源すら入らなくなるのだ。外から持ち込んだ電子媒体や、おそらく記録媒体なども軒並み使えないと推測される。ネットでの炎上など杞憂《きゆう》だろう。

「マスターさん、大丈夫です。僕としては、スフレさんの活でやっと腹が決まりました」

心なしか引き締まった顔で、波瑠斗はカップのお茶を飲み干す。クッキーはやはり可愛すぎて食べられないので、守里に後はどうぞとのことだ。

そうして椅子から下りて、改まってスフレに「いろいろとありがとうございます！」と一礼する。

「ふふん、まあ頑張りなさい」

「はい！」

もはやスフレと波瑠斗は、師匠と弟子のような関係に進化していた。

ぬいぐるみであるため表情が変わるわけではないが、腕を組んで波瑠斗に発破を掛けるスフレは、確実にドヤ顔だった。

「みぃちゃんのことも、一縷の望みに掛けてみます。なんて馬鹿なことをしたんだろうって、手遅れじゃないなら謝りたいので……」

ぎゅっと、波瑠斗は拳を握り締める。

波瑠斗の母が、まだゴミの日に出していないことを願うばかりだ。

「それで、あの……お会計は……」

斜め掛けバッグを担ぎ直して、波瑠斗はビクビクと楓の顔を窺う。

サークルでの飲み会代を払ったら、持ち合わせがあまりないらしく、不安そうに二つ折り財布を開けたり閉めたりしている。

「安心してください。当店はお試し営業期間ということで、お代はけっこうです」

「タ、タダってことですか？　学生無料とかじゃないですよね⁉」

おろおろする波瑠斗に、守里は「私も学生じゃないけど無料だったよ」と苦笑する。タダならタダで、逆に危ぶんでしまう気持ちは共感できた。

オマケに今回もお土産があるらしい。

「セットにつく、お土産のサシェです！」

「マモリさんにもー」

てってってと、頭上に巾着袋を掲げて走って来たタルトは、波瑠斗へ。背中に同じ袋を載っけたボネは、守里へそれぞれ渡す。

前回のラベンダーのサシェとは、口に結ばれているリボンの色が違い、サテン生地の白だ。

「また私もいただいてしまって、申し訳ないんですが……これもいい匂いですね。どことなく懐かしい感じがします」

守里の嗅いでみた感想は、上品だけど親しみ深いだ。

ラベンダーよりはっきりとは判別できないが、確実に何度も嗅いだことがある。

「おばあちゃんの香りに近いかも、です」

ポツリとそう呟いた波瑠斗に、「それはサンダルウッドという香りですよ」と、楓がゆるりとタレ目を細める。

「サンダルウッド……？」

「和名は白檀《びゃくだん》です。古くから重宝されて来た香木で、お寺やお線香などでも用いられておりますね。自然を感じる香りで、入眠前の癒やし効果は抜群ですよ」

「だから、おばあちゃんの……！」

波瑠斗は合点がいった。

離れて暮らす波瑠斗の祖母の家には、祖父の大きな仏壇があり、よくお香を焚いている様子だったという。

祖母の香りを思い出し、延いてはみぃちゃんのことを思ってか、またも波瑠斗の涙腺が緩みかける。しかしぐっと堪えて、サシェをジーンズのポケットに捻じ込んだ。

「今夜……このカフェに来られて、本当によかったです。大事なことを見つめ直せた気がします」

スフレにだけでなく、楓たち全員に頭を下げて、波瑠斗は店を出ようとする。王冠を象った照明の光が揺れた。

その背中に向かって、楓は「おやすみなさい、よい夜を」と微笑んだ。

パタリと扉が閉まって、完全に波瑠斗がいなくなってから、守里は彼が残したクッキーを齧る。クマの片耳が欠けたところで、「わぁー！」と耳を押さえるタルトが愉快だ。

「波瑠斗くん……無事にみぃちゃんが帰って来るといいですね」

「そうですよね。もっと雄哉くんとも気のおけない仲になれたら、スフレの功績になるのかな？」

楓の呟きに、スフレが即座に「褒めていいのよ！」とまたもドヤり、ボネが「ボネもーがんばるー」と何故かマイペースながらにやる気を見せる。

ぬいぐるみたちのやり取りを鑑賞しつつ、守里はクッキーとお茶を消費していたが、ふとテーブルに置いたサシェが目に留まった。

香りもさることながら、巾着袋の縫製も素人目ながら見事だ。

バッグに入れてあるラベンダーのものと、どちらも作り手は同じだろう。

「このサシェ……前に手作りって言っていましたけど、楓さん作なんですよね？　ということは、スフレたちも……」

「ああ、それは……痛っ」

「楓さん⁉」

以前、名前を問うた時と同じだ。楓は辛そうに片手で額を押さえ、カウンターにもう片手をついて倒れそうな体を支えた。

ガタッと、守里は焦って椅子から立ち上がる。

（ま、またどうして⁉　もしかして……！）

楓は己に関することを聞かれると、酷い頭痛を催すのではないか。

守里がその考えに至ったところで、ぬいぐるみたちが楓を介抱しに掛かる。タルトとスフレはカウンターに上って楓の腕に触れ、ボネは前足を楓の肩に置いた。

穏やかだった店内に緊迫感が漂い、楓の額から汗が伝い落ちる。

「サシェ……サシェと、この子たちを作ったのは……俺じゃ、ないです」

「か、楓さんじゃない……？」

「誰だろう……誰が……」

必死に楓は、記憶を呼び起こそうとしているようだ。額を押さえる手に力が籠もる。

「え……」

その手首が一瞬、透けたように見えて、守里は己の目を疑った。手首のあたりを透過して、向こうの棚が見えた気がしたのだ。

（な、なんだったの、今の……）

瞬《まばた》きの合間には戻っていたため、単なる見間違えか。

楓がこの状態になると、ぬいぐるみたちは一言も喋らず、ただただ主に寄り添おうとする。

やがて楓が、呼吸を整えてゆっくりと顔を上げた。

「はあ……すみません、守里さん。作ったのは俺じゃないことは確かなんですが、誰か思い出せなくて……」

「い、いいですよ、もう！　軽い気持ちで聞いただけなので！」

調子が戻って来た楓に、守里は笑顔を取り繕う。

けれどカモミールティーの張った水面には、笑顔では覆い切れない難しい表情が浮かんでいる。

(いったいどんな秘密があるの……？)

守里は改めて、このカフェと楓たちに対する疑問を膨らませた。

＊＊＊

カフェを出た後、波瑠斗はタクシーを捕まえた。現金の持ち合わせはあまりないが、タクシーのお得な回数券なら、親切なサークルの先輩にもらっていたのだ。

三日月を頭上に向かうのは、一人暮らしの家ではない。

隣の市にある波瑠斗の実家だ。

「……どうしたのよ、夜中にいきなり帰って来て」

築十五年くらいの一軒家は、住宅街の真ん中にひっそりと建っている。鍵を開けて入れば、寝る前だったらしい波瑠斗の母が、部屋着姿で玄関まで出て来た。

父は出張中でありガレージに車はなく、家には母ひとりだ。

波瑠斗は母似のため、特徴の薄い顔立ちはよく似ている。ただ性格は似ても似つかず、歯に衣着せぬ物言いで気の強い母は、アポなしで深夜に帰って来た息子に鋭い睨みを利かせていた。

薄い玄関の灯りの中で、目が妖怪のように爛々と光っている。

それに波瑠斗は怯んで、「え、えっと」と口ごもる。今さら捨てるように頼んだものを取り返しに来たとか、虫がいいだろうか。

いざとなるとこうして怖気《おじけ》づく悪癖《あくへき》が、長い間ろくに友達ができなかった原因のひとつでもある。

「み、三日前に、その……」

唇を開けたり閉めたりしていたら、尻ポケットに入れておいたスマホが震えた。

こんな時だが、波瑠斗に連絡を寄越す相手など限られている。母に一言謝って、スマホを手に取った。

画面に表示されたのは雄哉からのメッセージで、目を細めながら文字を追う。

『飲み会中も具合悪そうだったけど、無事に帰れたか？　悩みあるなら、学食奢ってくれたらなんでも相談乗ってやるぜ！』

友達想いな雄哉らしい気の回し方に、波瑠斗は自然に口元が綻んだ。

言いたいことは言え……そう発破を掛けられたようで、意を決して本題を切り出す。

「三日前に捨てるよう頼んだみぃちゃんって、まだある⁉」

しかし、母の返答はあっさりしたものだ。

「あのぬいぐるみ？　燃えないゴミの日は昨日だったけど」

「えっ……」

波瑠斗は愕然とする。

遅かった……と全身から力が抜け、冷たい玄関の床に膝をつきそうになったところで、母は「最後まで聞きなさい」と不機嫌そうに腕を組んだ。

「昨日だったけど、捨ててないわよ。どうせあんた、取り返しに来るだろうって思っていたからね」

「す、捨ててない？　まだあるってこと？」

「リビングにね」

「ほ、本当⁉　ちょ、あ、上がらせて……っ！」

波瑠斗は急いで靴を脱ごうとする。

一刻も早く確かめたくて、切羽詰まった様子の息子に、母は呆れを多分に含んだ溜息を吐いた。

「ぬいぐるみなんて、さっさと卒業して欲しいって考えは変わらないけど、あんたの大好きだったおばあちゃんの形見だし。そんな情けない顔で夜中に押し掛けるくらいなら、もう血迷うんじゃないわよ」

「母さん……」

気怠げに諭《さと》して、母は欠伸をしながら二階へ続く階段を上がっていく。

大学生になって友達もでき、多少は独り立ちしたはずの波瑠斗だが、母は強しというところか。一生勝てそうにない。

ドタバタと騒々しい足音を立てて、リビングへ転がるように入れば、ダイニングテーブルの下にみぃちゃんは置かれていた。波瑠斗が預けた時のまま、ゴミ袋に入れられている。

「みぃちゃん！」

波瑠斗はしゃがみ込んで、覚束ない手つきでゴミ袋を開けた。ふわふわの体を取り出して、力一杯抱き締める。

「ごめん、ごめん、ごめんね」

――おかえり。

首元に顔を埋めれば、在りし日の祖母を思わせる白檀の香りがした。ジーンズのポケットに捻じ込んだサシェと同じだ。

お腹が圧迫されたことで、みぃちゃんが「みぃ」と鳴く。

それはまるで「ただいま」と言っているように、波瑠斗には聞こえた。

三話　悪夢の正体

冴木美々子《さえきみみこ》は、このところ何者かに追い掛けられている。

その顔の見えない何者かは、一言も発せずただ淡々と、美々子の背を執拗につけ狙って来るのだ。

美々子は必死で逃げ、今のところ追い付かれてはいない。

追い付かれたらどうなるのかはわからない。

何度か振り返って、その正体を確かめてやろうと思ったことはある。だけど結局、確かめる勇気がなくて逃げるのみだ。

毎夜のことで、精神の疲労はいよいよピークを迎えている。

その何者かさえいなければ、美々子の人生はやっと軌道に乗り、周囲の皆に祝福されるような幸せを摑《つか》めるところなのだ。

邪魔されたくない、絶対に。

美々子は幸せになるのだから。

……それでも今夜も、美々子は逃げ続けている。

＊＊＊

ガタンゴトン。

数名しか乗っていない揺れる電車内で、守里はシートに背を預けて一息ついた。

「ふう……」

週末を控えた金曜日。

いつも通り職場からの帰りは遅く、車窓に映る外の景色は真っ暗だ。

だけど疲労感より、僅かに充足感が勝っているのは、仕事でとある案件を任されたからだった。

季節は九月に突入し、これからイベント業界は繁忙期を迎える。年がら年中なにか行われているとはいえ、暑い季節から動きやすい秋に移り、バタつく年末前にイベントをスケジューリングするところは多い。

その例に沿い、小さなイベント企画会社である守里のところも、新規案件が舞い込んだり、前々からの案件が本格始動したりと、慌ただしくなってきた。

守里は長らく古田のアシスタントとして、裏方のサポート業務が中心だったが……。

（まさか案件を途中からとはいえ、ひとりで任せてもらえるなんて）

三浦から今朝呼び出された際は、久々に面倒な小言かとファイティングポーズを構えた守里であったが、予想外の抜擢だった。

地元の飲食店組合が、新しく企画したオクトーバーフェスト。

ドイツが本場のビールの祭典で、あちらでは広大な敷地で九月半ばから二週間に渡って開かれ、毎年なん百万人もの来場者が集うという。日本でも都市部から地方まで、規模は大なり小なり、本場に倣ったオクトーバーフェストが開催されている。

守里の任された企画の依頼は三浦が受けて、一年前から進んでいた。規模自体は地元のささやかなお祭りといったところだが、そんなことは漲るやる気に関係はない。

やっと夢見た仕事ができるかもしれない。

絶対に成功させてみると、かつてないほど燃えていた。

（早く楓さんやスフレたちに報告したいな）

左右に振れる吊り革を目で追いながら、賑やかな顔ぶれを思う。電車はこのまま、家にもっとも近い駅から普通に乗り過ごすつもりだ。

波瑠斗の来店から三日後と、あまり間を空けずに通っているが、守里としては連日連夜通いたいくらいだった。

単に、守里があのカフェをいたく気に入ったということもある。

しかしそれ以上に、心配なのだ。

(知らぬ間にカフェの存在ごと消えていそうで……)

昼間に行って、廃墟に近い状態を見たのは一度切りだが、あれが正しく現実ならば、楓たちまでやはり虚構なのかと疑ってしまう。

人知を超えた現象が起きているからこそ、通って秘密を解きたい。なにより知らぬ間に消えないよう、見張っておきたかった。

「とっ!」

ガタンッと、そこで電車が一際跳ねた。

守里も多少なりともバランスを崩したが、それより向かい側で寝ていた男性の体が大きく傾く。

彼の膝上に置かれていたビジネスバッグから、何枚ものA四用紙がバサバサと床に落ちて広がった。仕事で使う資料なのだろう、ビッシリと敷き詰められた文字に、グラフなども差し込まれている。

「うわっ、最悪だ……」

さすがに目を覚ました男性は、億劫そうに資料をかき集めようとする。

（あれ……この人って）

くたびれたスーツ姿に、人のよさそうな顔にこさえた濃い隈。以前にもこの電車で同乗し、守里が同士だと判断したお疲れ会社員だった。

（あ、私と同じミスもしている）

いつかの守里のように、社員証がつけっぱなしだ。床にしゃがめば首元からぶらんと垂れ下がる様が、彼の哀愁を物語っている。

「手伝いましょうか……？」

無視はできなくて、守里は男性に声を掛けた。見られたらマズい資料があるかもしれないので、念のためお伺いからだ。

少し離れた席に座る、パーカーの青年は音楽に没頭していて、文庫本を読んでいる中年男性も本から目を離さないため、動いたのは守里だけだった。

ハッとして、男性は顔を上げる。

「す、すみません！　お気遣いなく……おわあっ！」

電車の揺れには逆らえず、その衝撃でバッグからまた新たな紙束が飛び出す。

男性の顔が隠せない疲れで歪んだ。

もう手に負えないことは明白だったので、守里はなるべく内容は見ないよう、一緒に回収作業をする。

「ああっ！　すみません、すみません……！」

「いえ。これで全部ですか？」

「はい、助かりました！」

順番や分類はぐちゃぐちゃだが、集めた資料を男性に手渡す。

男性は受け取ると立ち上がって、浅く腰を何度も折った。なんとも謝り慣れている感じが、守里としてもわかって辛い。

(お名前は田所《たどころ》さんっていうんだ。あの医療機器メーカーの営業かあ)

個人情報は、もちろん丸出しの社員証からだ。

けっこう大手の会社勤めなことは素直に驚いた。

「あの、余計なお世話かもしれませんが、社員証も……」

「えっ！」

ついでに教えてあげれば、田所は資料を抱えながらもどうにか外した。

その際に社員証の顔写真がよく見えたが、入社当時のものなのか若々しく生き生きとしていた。まるで今とは別人のようだ。

「なにやらお見苦しいところばかり……残業続きで寝不足だと、注意力散漫になってい
けませんね」
ははっとごまかすように笑う田所に、守里は少し前の自分を重ねてしまう。気付けば
テーラードパンツのポケットに手を入れていた。
「……よければこれ、どうぞ」
「えっ？」
「サシェ……ええっと、香り袋です。安眠効果のある香りで、枕元に置くとよく眠れて
オススメというか……あ、怪しい宗教とか勧誘ではないので！」
「は、はあ」
田所は疑問符を頭に浮かべながらも、守里の勢いに押されてサシェを手に取ってく
れた。
ラベンダーの方は家に置いてきたので、サンダルウッドの方だ。香りもこちらの方が
まだ強い。
「私もいただいたものなんですけど、凄く効果あったので……気休めになれば！　お互
いにお仕事、本当にお疲れ様です！」
「あっ！　ちょっ……」

電車が目的の駅に着いたため、守里は言い逃げをする。田所がぽかんとしている様子をチラ見してから、駅のホームに降りた。

(だ、大胆な行動をしちゃった……)

怪しくないと言い訳しながらも、だいぶ怪しかった自信がある。

だけど、守里が楓の「お疲れ様」に救われたみたいに……勝手ながら同士認定している田所にも、その言葉となにか眠れるきっかけを送りたかった。

貰いものであるサシェを渡したことは、楓たちは怒らずむしろ快く了承してくれるだろう。

(いっそカフェに誘ってみればよかったかな)

いや、それこそ唐突すぎて不審者だ。

もう電車は次の駅にとっくに向かっていて、守里もショートカットの髪を耳にかけて、『ぐっすりカフェ』を目指して歩み出した。

金曜日の夜ということで、通りすがる居酒屋はどこも千客万来だ。大学生の集団が店に入っていくのを見て、波瑠斗のことが頭を過る。

(問題が解決して、今頃眠れていますように)

そう願って、細く静かな道へと進んだ。

月が煌々と光っているおかげで、今夜は周囲がほんのり明るい。

そんな中でも、カフェの灯りが視界の先にあって、守里は胸を撫で下ろした。この夜もまた、ちゃんとカフェに辿り着けそうだ。

「……えっ⁉」

だが次の瞬間、ぎょっとする。

電柱の傍に、細身の女性らしき人影が踞っていたのだ。

「だ、大丈夫ですか⁉」

「あ……」

守里が駆け寄れば、女性は手で口を押さえつつ緩慢な動作で顔を上げた。

歳は守里と同じくらいか。シニヨンにまとめた長い栗色の髪に、たおやかな肢体。面長の顔にくっきりとした二重で、口元が見えずともわかる、華やかさのある美人だ。控え目な化粧もネイルも品がよく、ダークレッドのスーツ姿もできる女感が漂っている。

ただどう見ても、吐き気に耐えていて具合はよくなさそうだった。

「意識の方は……お名前とか言えますか？」

「……美々子よ。冴木美々子」

守里の質問に、すぐさま答えが返ってくる。意識はしっかりしているらしい。

「ちょっと飲みすぎてしまっただけで……気持ち悪……」

「ど、どこかで休まれますか？　ちょうどそこに、深夜にやっているカフェがありますけど……」

「カフェ……じゃ、じゃあ、そこで……」

「私も行くところだったんで、一緒に行きましょう」

電柱に手をついてよろりと立ち上がった美々子を、守里は支える。ふたりで寄り添いながら、カフェの扉をくぐった。

「ようこそ、『ぐっすりカフェ』へ……ひゃあっ！」

一番に出迎えてくれたタルトが、守里たちを前にして飛び上がる。「病人さん！　病人さんですー！」とプチパニックになって、床をぐるぐる回り出した。

浮遊していたボネもつられて、「たいへんだー」と一緒にぐるぐるする。

「タ、タルト！　ボネも止まって……」

「何事だい!?」

喧騒を聞きつけて、カウンターの奥扉から楓も出て来る。

蜂蜜色の頭には腹ばいになったスフレを乗っけていて、どうにも間の抜けた姿だ。

「い、生きたぬいぐるみ……？」

美々子は呆気に取られているが、そちらをフォローする余裕は守里にはない。頼りの楓が、タルトやボネと一緒になって目を回しているからだ。

「た、大変だ！　落ち着いてください、守里さん！　まずは女性の介抱を……！　あ、お水の用意からかな⁉」

「いや、楓さんが落ち着いてください！」

水の用意と言っているのに、楓が手にしたのは何故かグラスではなくお椀だった。おそらくお茶漬けの際に使われたものだ。

守里は窘めつつ、手短に状況を伝える。

「どうにも酔って、気分がよくないみたいで……電柱のところに蹲られていたんです。お近くだったので、少し休ませてあげられないかと連れて来てしまいました。勝手にすみません」

「それはまったく構いませんが……！　こ、こういう時の対処は、ええっと」

「まったく、男共はダメね」

ズバッと、唯一冷静なスフレが一刀両断した。

楓の頭に乗ったまま、的確に指示を飛ばす。

「二階にソファがあるから、マモリさんはそこまで行って寝かせてあげて」

「う、うん」

「タルトは冷たいおしぼりを持って来て頂戴」

「わ、わかった！」

「ボネは薄いブランケットを準備して。吐いた時用のポリ袋もね」

「かしこまりーましたー」

「マスターは特になにもしなくていいけど、グラスに水くらい淹れて」

「お、お水だね！」

この店の真のマスターは、もしかしたらスフレなのかもしれない。そう思わせるほどテキパキしている彼女に、皆が一斉に頷いて従う。

守里はパキラの木の傍にある螺旋階段まで、美々子を支えて連れて来た。ここから二階へ上がるのは守里も初めてだ。

「階段を使っても、差し障りはないですか？」

「ええ……」

コクンと小さく首肯する美々子。

一段一段、注意を払って上っていく。

（わっ！　二階はこんな感じなんだ）

ワンフロアになっていて、天井は低め。壁は本棚で埋め尽くされ、守里にはサッパリ読めない外国語で書かれた文学作品が、ずらりと収まっている。

その本がブックエンドで仕切られ、ところどころ一角が小物を飾るスペースにもなっていた。エッフェル塔の置物や、カラフルなマトリョーシカ、フラダンスをする日焼けした女性の人形……などなど、こちらも異国情緒に溢れている。

（カウンター奥にある棚の食器も、外国のものが多いもんね）

好んで楓が集めているのかもと、守里は繁々と見回す。

フロアの真ん中に居座るのは、平たい二人掛けソファに木製のローテーブル、ゆらゆら揺れるロッキングチェア。

ソファには星、チェアには三日月の形をしたクッションが置かれ、濃紺のラグと相まって、部屋の中に小さな夜空が再現されているようだ。ふたつある窓はどちらも黒いカーテンで覆われ、チェアの傍には家庭用プラネタリウムの機械もあった。

物の配置からして、本来お客を入れる空間ではないのだろう。

個人がくつろぐための、洒落《しゃれ》たリビングといったところか。あるいは好きなものだけを詰め込んだ、大人の秘密基地にも思える。

（楓さんのプライベートルームとか……って、今はそれどころじゃない！）

つい意外な様相に気を取られてしまったが、美々子をソファへと横向きに寝かせる。スーツのジャケットは自力で脱いでもらい、ブラウスの第一ボタンは守里が外した。これで呼吸もしやすいはずだ。

「ブランケットとーポリ袋ですー」

ふよふよと、階段をひとっ飛びできるボネが、スフレから指示されたものを背に載せて持って来る。

守里は畳まれていたブランケットを広げて、美々子の体にかけてあげた。世界中の国旗が描かれたブランケットは、さらりとしていて手触りがいい。

「ポリ袋はテーブルに置いておきますね。吐きそうになったら使ってください」

「いろいろと気遣いまで……ありがとう」

「お礼は私より、カフェの皆さんにお願いします」

回復したら改めて、奇妙奇天烈なカフェに驚くかもしれないが、どうか自分や波瑠斗のように受け入れて欲しいところだ。

「普段はザルで……バーでいくら飲んでも、こんな酔ったりしないのよ。あの悪夢のせいで眠れないから……」

「悪夢？」

美々子のそれは独白に近かったが、守里は拾って首を傾げる。

成り行きでこのカフェに入ることになった美々子だが、例に漏れず寝不足という問題を抱えているようだ。

詳しく問うより先に、美々子は瞼を下ろした。

そこで守里の耳に「マ、マモリさん……助けて……ください……」という、か細い声が届く。階段の方からだ。

「タルト⁉」

「お、重たいですううううう」

階段の中腹あたりで、トレーを頭上に掲げたタルトが、ぷるぷると布と綿製の腕を震わせていた。トレーにはおしぼりと、水がたっぷり入ったグラスが鎮座している。

小さなタルトの体では、これらを運んで階段を上り切るのは厳しいだろう。

ひょいっと、守里はトレーを持ってあげる。

「あう……助かりました」

「ここまでよく頑張ったよ。せめてグラスは楓さんに運んでもらえばよかったのに」

「マスターは階段に近付けないので……」

「え？」

その楓の新しい情報を、どう噛み砕くべきか。

戸惑う守里を他所に、タルトは下からスフレに呼ばれてしまう。

「タルト！　届け終わったらこっち手伝って！」

「ス、スフレはぬい使いが荒いよぉ」

丸い尻尾をふりふりしながら、タルトは階段を下りていった。

守里もこんなところで突っ立っているわけにはいかないので、目を閉じた美々子に一声掛けて、テーブルにおしぼりと飲みものを追加する。

美々子のことはボネが診てくれるというので、守里も一階に戻った。

カウンター越しに、楓がへにょりと笑い掛けてくる。

「守里さんもお疲れ様です。そちら、取り急ぎ一息つけるようにと」

テーブル席のひとつには、リーフ型の皿に盛られたパウンドケーキが二切れと、ミルクの注がれたマグカップが用意されていた。

おやすみセットの簡易版といったところか。

(階段に近付けないって、本当なのかな……？　それって、あの二階にも行けないってことだよね)

思わず楓の整った顔を凝視するが、彼は「俺の顔になにかついていています？」と頬をペタペタ触り出すだけだ。

「い、いいえ。なにもないです！」

守里は椅子に腰掛けて、飲みものとお菓子をいただくことにする。

「このカップ、カウンター奥の棚に並んでいたものですよね。中身はバナナミルクとはまた違う……？」

さざめく海のような、青いグラデーションが鮮やかなカップは守里も見覚えがある。持ち上げて鼻を近付けると、甘さと一緒にほろ苦い香りもした。

「バナナより、少しビターな味かもしれません」

「ビター……あっ！」

カウンターから出て来た楓にヒントを出され、実際に飲んでみて守里はピンとくる。

「アーモンドですね！」

「そう、アーモンドミルクです。パウンドケーキにも、砕いたカシューナッツやピスタチオ、クルミなどのナッツ類を使っています」

ちょこちょこ寄ってきたスフレとタルトが、「私たちも砕く作業を手伝ったのよ！」「大変でした……」と口々に言う。

二匹も頑張ったらしいパウンドケーキを、守里は素手で持って齧った。

しっとりとしたスポンジの中から、カリッと小気味のよい歯応えが遅れてやって来て、舌の上が楽しい。細かな味の違いで、本当にいろいろなナッツが使われているのだとわかる。

「睡眠に欠かせないアミノ酸には、以前ご説明したグリシンやGABAに加えて『トリプトファン』というものがあります」

「トリプッ……覚えにくいですね。舌を噛みそうです」

「ははっ、そうかもしれませんね。でもトリプトファンは『幸せホルモン』って呼ばれるセロトニンの分泌を促すだけでなく、眠りに必要なメラトニンの元にもなるんです。とても大事な成分なんですよ」

楓は守里の噛みっぷりがおかしかったのか、笑いながら「そのトリプトファンが、ナッツ類には多く含まれているんです」と教えてくれる。

他にもナッツ類はマグネシウムを摂るのにも最適で、寝る前に筋肉をほぐす効果もあるそうだ。

「波瑠斗くんにも、そのパウンドケーキは特に好評だったんですよ」

「彼、また来ていたんですか⁉」

「はい。守里さんがいらっしゃる少し前に」

なんと。すれ違いだったようだ。

「みぃちゃんは無事に手元に返って来て、雄哉くんにも打ち明けられたそうですよ。案の定、雄哉くんは波瑠斗くんが可愛いもの好きなこと、初対面の時からそれとなく察していて、あえて言及しなかっただけのようです」

大学での初対面時、波瑠斗のペンケースにみぃちゃん似のウサギのキーホルダーがついているのを目撃し、「そういう趣味なのかな？　へぇ」くらいに受け止めていたと。

波瑠斗が死にそうになりながら「実は……」と話し出しても、「やっぱりって思ったくらいかな」と非常にフラットだったそうだ。

（全部、波瑠斗くんの杞憂だったってことだよね）

それでも堂々と打ち明けたことで、来週にはぬいぐるみ服の買いものに、雄哉が付き合ってくれることになったらしい。

今はみぃちゃんと健やかに眠れていると……。

きっとみぃちゃんも喜んでいることだろう。

「波瑠斗くんがお礼にって、スフレにリボンをくれまして」

「リボン……？　あれっ」

座ったままスフレの方を振り向けば、黄色チェックの片耳の方に、白いフリルを重ねた大きなリボンがついていた。

美々子の介抱でバタついていたため、今の今まで気付かなかった。

スフレが「やっと気付いたのね！」とプリプリ怒る。

「マモリさんに褒めて欲しかったのに！」

「ご、ごめんごめん。さすが波瑠斗くんのセンス、可愛いね」

「ふふんっ！　そうでしょう、そうでしょう」

かなりお気に入りらしく、スフレはリボンをあらゆる角度から見せてくる。お礼のプレゼントはスフレ宛てだけだったようで、タルトは「いいなあ」と羨ましそうだ。

(こういうお洒落、私も長らくしていないな)

学生時代まで守里はロングヘアで、ヘアアレンジなんかも好んでしていた。就活をきっかけに今のようなショートにし、そこから仕事に忙殺され、『とにかく楽』という理由からずっと短くしている。

懐かしさ故の眼差しが、タルトと同じ羨望の眼差しだと捉えられたのか。スフレが「マモリさんもつけてみる？」と、エプロンの前ポケットから別のリボンを取り出した。

二種もらったようで、もうひとつは黒く、スフレがつけているものよりは小振りでシンプルなデザインだ。簡単にピンで留められるタイプらしい。

「い、いいよ！　これから帰って、お風呂に入って寝るだけだし」

「だからお試しよ、お試し！」

「でも私、髪だって短いから。可愛いリボンは似合わないっていうか……」

遠慮する守里に「そんなことありませんよ」と、即座に反論したのは楓だ。

「短くてもアレンジはいくらでもできますし、守里さんならきっと似合います。少し髪に触れてもいいですか？」

「い、いいですけど……」

おずおずと守里が頷けば、楓はスフレからリボンを預かって守里の背側に立つ。

タルトがまたもスフレの指示で、どこからか櫛とヘアゴム、ヘアピンなどを持って来た。スフレ用のものだろうか。

カフェがまさかのサロンに早変わりだ。

「では失礼しますね」

髪に触れる楓の指先に、守里はドキドキしながら、行き場のない両手でテーブルの上のマグカップを包む。いやに緊張してしまう。

横髪を編んでいく彼の手つきは繊細で、ずいぶんと慣れたものだ。

「楓さん、お上手ですね。まさか元美容師とか？」

「まさか！　これは……小さい頃から、やってあげていただけですよ」

誰に、とは言わなかった。

楓が無意識に濁したのが伝わり、守里も質問は控える。下手に楓自身のことを探ると、また彼が酷い頭痛に襲われてしまうかもしれない。

（そう考えたら、元美容師とか聞くのもリスキーだったかも……）

この店に来る度に、楓のことをもっとよく知りたいという欲求が湧く。

けれど知ろうとすることが果たして正しいのか。

知れば前にも考えたように、不思議な魔法は解けて……カフェには二度と来られないのではないかと最悪の事態を想定し、守里は二の足を踏んでいる状況だ。

悶々しているうちに、右耳の上でパチンッと音がする。編み込みが終わって、リボンを留めたらしい。

楓が「できました」と、守里の髪から手を離す。

「わぁ！　マモリさん、素敵です！」

「ワタシと同じくらい似合うじゃない！」

「そ、そう？」

きゃっきゃと盛り上がるタルトとスフレに、守里は照れ臭くなる。

仕上がりを自分でも確認したかったが、あいにく手鏡は持ち歩いていない。己の女子力の低さに嘆きたくなった。

（スマホのインカメで……って、電源つかないんだった）

おそらくスタッフルームにあるだろう、お手洗いを借りようかと考えたところで、楓が「二階に卓上鏡があったかも」と呟く。本棚の間に設けられた小物スペースに、守里も反射する鏡を見た気がした。

「ボネに呼び掛けたら持って来られないかな。でもそれだと、寝ている女性を起こしてしまうかな」

ただ本当に、楓は二階には上がれないようで悩ましげだ。

「あの……私がその鏡、自分で見に行ってもいいですか？　さすがにボネも、鏡を運ぶのは危なさそうですし。美々子さんの様子もそっと確認して来るので」

「あの女性は美々子さんというのですね。守里さんのお手間でなければ、是非」

次いで楓は、サラリと破壊力の高い台詞《せりふ》を放つ。

「今のご自分の姿を見てもらいたいです。守里さん、とっても可愛いので」

「ひぇっ……！」

思わず悲鳴が出てしまった。

初来店の際もそうだったが、楓は天然でこういう言動を取るから困る。

冗談めかして「お世辞は止めてくださいよ！」と返せたらよかったのだが、タレ目をさらに下げてへにゃりと笑う楓からは、嘘偽りのない本心であることが伝わった。

守里が真っ赤な顔で俯くと、すかさずスフレとタルトが茶々を入れてくる。

「まあまた、おふたりさんたらいい感じね。ゆるふわなマスターと、しっかり者の守里さん。相性いいと思うわよ。ねぇ、タルト？」

「はい！　マモリさんとマスターは相性抜群です！」

前に『イケメンのわりに初心』だとからかわれていた楓も、「な、なに言っているんだよ！」と、動揺してスフレたちを叱る。

「わ、私！　二階へ行ってきますね！」

居た堪れなくて、守里は立ち上がって逃げた。

階段を上ると、ソファで美々子は寝入っており、その腹に転がったボネも一緒にすやすや寝息を立てていた。一階と違って、こちらは静かなわけだ。

守里は肩の力が抜けて、うるさい心臓の音も収まってきた。

ポリ袋は使われておらず、水は半分ほど減っている。ずれたブランケットを直してあげてから、お目当ての物を探した。

「あった、これだよね」

フランス語の絵本などの横に、くすんだ金枠のアンティークな卓上鏡が立てられている。ちょうど守里の目の高さなので、難なく覗き込めた。

「わっ……楓さん、凄い」

丁寧に横髪が編み込まれており、黒いリボンがさり気ない華やかさを演出している。顔もスッキリして見え、こうすると印象がまた変わるものだ。

すぐに外さなくてはいけないことが些か惜しい。

(こういうの、楓さんが小さい頃からやってあげていた相手っていうと……)

閃きかけたところで、鏡に隠れる形で置かれた、小さな写真立てを発見する。

無意識に手が伸びていた。

「……これって」

真鍮製の四角いフレームの中には、三人の人物がいた。

背景はこの部屋で、青いチェックのストールを羽織った老婦人が、ロッキングチェアに腰掛けている。ショートのグレイヘアに、おっとり微笑む様は品がいい。

婦人の膝に抱きつく女の子は、歳は五、六歳ほどで、黄色チェックのワンピース姿で向日葵の如き笑顔を浮かべていた。セミロングの明るい茶髪で、快活そうな印象だ。

最後は男の子で、小学校高学年くらいか。端整な顔の造形と、瞳が茶色掛かっているところが女の子と似ている。

老婦人の後ろから体を出す彼は、赤チェックのシャツに黒い短パンという格好で、髪色は女の子より明るかった。ふわふわの猫っ毛は蜂蜜色である。

「……楓さん？」

写真の男の子と、カフェのマスターが守里の脳内で合致する。

見れば見るほど、幼い頃の楓であることは明白だった。

昔からこの髪色ということは、生まれつき色素が薄い故の地毛か。それも相まって、小さい楓は天使のように愛らしい。

（いや、マジで天使だよ……！　でも楓さん、やっぱり妹がいたんだ）

写真の男の子と女の子は、高確率で兄妹だ。

先ほど閃きかけたのは、楓に姉か妹がいる可能性だった。小さい頃から、姉妹のヘアアレンジをしていたから手慣れているのでは、と。

（お婆さんは、ふたりの実祖母だとして……ここのカフェって、もともとはお婆さんの家？　それに、このチェックのストールやワンピース……）

三人が纏う衣服の布が、ボネがつけている蝶ネクタイや、スフレとタルトの片耳部分など、ぬいぐるみたちの一部に使われている。

(不思議なカフェの秘密って、この写真にある気が……)

「ううっ」

思考を深めている途中で、美々子が呻き声を上げた。

驚いた守里は、美々子のもとに行こうと写真立てを戻す。しかし慌てたせいか、少し飛び出ていた分厚い本に肘が当たり、その本をバサッと床に落としてしまう。

「た、大変……!」

守里は屈んで本を拾い上げ、傷がないか点検する。中身もパラパラとめくった。

本は北欧の方の言語で書かれており、守里には一文字も理解できなかったが、添えてあるイラストから魔法や精霊といったファンタジーな内容であるようだった。

特に傷等もなく、本も元の位置に差し込んだところで、美々子の苦しげな声が大きくなる。守里は急いでソファまで走った。

「美々子さん、どうされたんですかっ?」

「来ないで……来ないでってば……!」

眉間に皺を寄せ、額から汗を流して魘《うな》される美々子に、守里は悪夢を見ているのかもと思い当たる。

（悪夢のせいで眠れないって言っていた……起こさないと）

ゆさゆさと、美々子の体を揺する。

「起きて、起きてください！」

「はわっ！」

しかしながら、その衝撃でころりんとソファの上で転がり、先に目覚めたのはボネだった。「なにごとーですかー？」と呑気《のんき》なものだ。

「ボネも！　美々子さん起こすの手伝って！」

すぐにコクンと頷いたボネは、ふわっと空中に浮き上がり、「ていー！」と美々子に体当たりを決める。波瑠斗にうさ耳アタックをかましたスフレといい、ぬいぐるみたちは存外アグレッシブである。

「はっ……！」

体当たりは効果抜群で、美々子はパチッと瞼を開けた。体を起こしてしきりに瞬きを繰り返す。

「あれ……ここって」

「吐き気や頭痛は？　ご気分は悪くないですか？」

「……そうだわ。私は悪酔いして貴方に助けられたのよね。いつもの悪夢を見ていただ

「けど、もう平気よ」

ソファから足を下ろして、美々子は自分のスマホを探す。ロッキングチェアに掛けたスーツのジャケットに入れてあったようで、そちらまで行って手に取り確認しようとした。

次いで電源が入らない事実に、「おかしいわね……」と眉を顰める。

守里は苦笑しつつ補足を入れた。

「私にも謎は解明できていないんですが……このカフェに来ると、スマホは使えなくなるんです」

「……生きているぬいぐるみといい、まだ夢の中にいるようよ」

美々子は「こっちの夢の方がマシだけどね」と自嘲して、諦めたようにジャケットを着てスマホを仕舞った。酔いは醒めたようだが、依然として体調はよくなさそうだ。

彼女をここまで苦しめる悪夢がどんな内容なのか、守里は気になってしまう。

(でもひとまず、美々子さんが目覚めたことを楓さんたちに報告しないとね)

美々子には落ち着いたら一階に来るよう告げ、守里は先に階段を下りた。

例の写真をもう一度よく見たかったが、誰かがいる前では気まずい。先ほどは美々子もボネも寝ていたからよいが、秘密を盗み見している後ろめたさがあるのだ。

「守里さん！　髪型はどうでした？」

「あっ……」

一階に着いた途端、楓とスフレたちがそわそわと守里のもとへやってきた。

写真のことや美々子のことで、束の間すっかり抜けていたが……守里は鏡を見に行ったのだった。

「えっと、凄くお洒落に仕上がっていました！　たまにはこういうのもいいなあって」

「じゃあそのリボン、マモリさんにあげるわよ」

「ええっ⁉」

あっさり譲る宣言をしたスフレに、守里は「悪いって！」と断ろうとするも、スフレはうさ耳ごと首をふるふる横に振る。

「マモリさんにもお礼したいって、ハルトは言っていたわ。ワタシにはこれがあるし」

ちょいちょいと、スフレは白フリルのリボンを引っ張った。それでも守里は、ここに来る度に貰いすぎな気が否めない。

「サシェとかもタダでもらっているのに……」

「そっちはセットのお土産です！　うちの店からお渡しするものと、ハルトさんからのご厚意は別なので！　ねっ、マスター？」

「そうですよ。せっかく守里さんにピッタリなリボンなんですから」

タルトと楓にもダメ押しされ、守里は負けてこのままつけて帰ることにした。

なにより楓に『可愛い』と言われた時の胸の高鳴りが、どうにも忘れられず……愛着は確かに湧いていた。

「だ、大事にします。それと、あの、先ほど美々子さんが……」

ようやく報告しようとしたところで、トントンと段差を軽快に踏む足音が鳴る。絶妙なタイミングで、美々子とボネが揃って下りて来た。

「ああ、お目覚になったんですね」

「うわっ、イケメン……」

爽やかに出迎えた楓に、思わず転がり出た美々子の感想を、守里は聞き逃さなかった。やっぱり他の女性から見ても、楓は間違いなくイケメンの分類のようだ。

美々子は乱れた髪を直しつつ腰を折る。

「この度は具合の悪いところ、助けていただきありがとうございます。三十越えて飲み方に失敗するなんて、お恥ずかしい限りだわ」

「えっ……美々子さん、てっきり私と同い年くらいかと……！」

「今年で三十一よ」

守里より六つも上だった。美人は年齢が読めない。

「お酒に強い方でも、調子の悪い時に飲むと想定より回るものです」

「ですです！　うちに来られたということは、眠れないお客様でしょうし！」

「せっかく来たんだし、一服していったら？」

楓やぬいぐるみたちに流れるように誘導され、あれよあれよと美々子は、先ほどまで守里が座っていた向かいの席に案内される。

ボネが「マモリさんもー」と椅子を引いてくれたため、守里と美々子は何故か相席になった。

美々子の前にも、アーモンドミルクとナッツのパウンドケーキが置かれる。マグカップを傾けながら、美々子は守里を正面から見据えた。

「お名前は……カフェの皆さんが呼んでいるように、守里さんでいいのかしら？」

「あ、はい！」

「守里さんはこの不思議なカフェによく来るの？」

「まだ三回目の来店なんですが、ほとんど間を空けずには来ていますね……。私も不眠に困っていたところ、このカフェに出会ってからよく眠れるようになったんです」

「眠れるように……」

コクリと、アーモンドミルクを喉に流して、美々子は神妙な顔つきになる。守里も冷えてしまったミルクを飲んだところで、美々子が重々しく口を開いた。

「私ね……ここ数日、毎晩同じ悪夢を見ているの。正体不明の何者かに、延々と追い掛けられる夢」

眠ると決まって、美々子はなにもない真っ暗な空間にいて、一心不乱に走っているところから始まる。背後から足音が追って来ていて、理由もわからずとにかく逃げる。

何者かは一応、人間の形はしている。

だが男なのか女なのか、年寄りなのか若者なのか、暗闇の中で黒い影に覆われていて判断はつかない。

足を止めて確かめる選択も一度は考えるが、やはり恐怖が勝つ。息切れを起こしたところで、大量の汗をかいて飛び起きるのだという。

「この悪夢のせいで、眠ることが怖くなってしまって……」

「そ、それは怖いのです！」

「ストーカーみたいな奴ね。毎晩なんて余計に恐ろしいわ」

「こわこわー」

ぬいぐるみたちはそれぞれ震え上がっている。ホラーが苦手な守里も、想像しただけでゾクッと背筋が冷たくなった。

「コンディションも最悪続きで……だけど明日、すごく大事な予定があるから、お酒の力で深く眠れないか試してみたの。二日酔いなんてなったことないし、そっちの心配より悪夢を見ないで済むのならって……」

美々子は「苦肉の策も失敗したけどね」と、疲れ切った溜息を吐く。その息はアーモンドミルクに溶けて混ざっていった。

ふむと、テーブル横に立つ楓は思案気に腕を組む。

「ちなみに、その大事なご予定とは？」

「お付き合いしている彼とのデートなの。雰囲気的に、そろそろプロポーズされそうで」

その彼と美々子は、四ヶ月前にマッチングアプリで知り合い、二ヶ月前から恋人関係になったという。

交際期間を考えると、些かプロポーズは早急な展開にも守里には思えたが、そのマッチングアプリが『本気の婚活者専用』『真剣に結婚したい人向け』『成婚まで平均一年』などが謳い文句なのだとか。

「あれ…？　もしかして、『ムスビヤ』って名前のアプリですか？」

「そうよ。守里さんも登録しているの？」

「私はやってないんですが、友達がそれで相手を見つけて結婚したので……」

纏と旦那の出会いが、確かそのアプリだった。

効果は実証されているといったところか。

(私は今のところはあんまり、結婚願望はないけど……美々子さんはプロポーズされたら、きっとお受けするよね)

美々子の年齢も考慮すると、早いに越したことはないのだろう。

けれど守里が引っ掛かる点は、『プロポーズされる』という華々しい一大イベントを前に、美々子が喜ぶ素振りもないことだ。

(もっと浮かれたり、そわそわしたりとか……でもこれが、大人の女性の反応なのかな)

まだまだ守里は精神的にお子様なのかもしれない。

遠慮しないスフレが「相手の男のスペックは？」と、テーブルによじ登って尋ねる。

足をぷらーんと浮かせ、テーブルの端に上半身を俯せで預ける様は、如何にも無邪気で愛らしい。それなのにスペックとか質問は生々しかった。

「自慢に聞こえちゃうかもしれないけど……」

そう前置きして美々子が答えた相手の情報は、歳は三十五歳、商社勤めで安定の高収入、某有名国立大学出身、容姿は話題のイケメン俳優似で高身長……と、完璧すぎるほど完璧であった。

守里の想像以上のハイスペックっぷりである。

「性格は自信家なところがあるけど、愛嬌《あいきょう》として許せる範囲ね。友達にも親にも『絶対に逃がすな』って言われているの。もう祝福ムードで」

「圧倒的に勝ち組だもの！　プロポーズも凄いんじゃない？」

「どうかしら。明日のデートは、夜に『ゆめの木』っていうレストランは予約してくれているみたいだけど……」

「あ、そのレストランも知っていますよ！」

はしゃぐスフレに、淡々と答える美々子。守里は聞き覚えのある店名に、つい食い気味で反応してしまう。

守里が仕事で取り組んでいる地元版オクトーバーフェストには、ドイツ料理に限らず、地元に根付いた飲食店がいくつも出店するのだが、その一覧に入っているのだ。

「昨年できたばかりで、新しい創作料理のお店ですよね。お値段はちょっとするけど、高級すぎってほどでもなくて……仕事関係で一度ランチに寄ったんですが、美味しくて店内も綺麗でしたよ」

「いいじゃない！　相手はセンスも悪くないのね」

「女性好みのお店を見つけるのは、けっこう得意みたい」

盛り上がる女性陣に対し、男性陣（楓とタルト）は置いてけぼりを食らっている。いまいち性別のわからないボネは「ほうほうー」と、なんとなく相槌《あいづち》を打つくらいだ。

（でも、なんだろう……）

やはり守里には、美々子が本心から、その相手と結婚することを喜んでいるようには感じられなかった。

（祝福されるべきことだから、受け入れているだけみたいな……上手く言えないけど）

スフレはその違和感を察しているのか、いないのか。

美々子はパウンドケーキを咀嚼して「あ、美味しい」と呟いたあとに、「だからね」と声のトーンをひとつ落とす。

「悪夢になんか邪魔されたくないの、絶対に。私は幸せになるんだから」

自分に言い聞かせるような、美々子の表情は硬かった。

「美々子さ……」

「このカフェが安眠へ導いてくれるっていうなら、悪夢を見なくなる方法は知らない？」

守里の言葉は遮られ、くるっと美々子は楓の方を向いた。

するとマスターより先に、タルトが「はいっ！」と短い手を挙げる。ようやく女子会から話に入れそうで、気合いの入った挙手だ。

「悪夢なら『あれ』をお渡ししたらどうですか⁉　マスター！」

「なるほど、あれだね。ボネ、持って来てくれる？」

「あいあいさー」

楓に頼まれ、ボネがすうっと階段の方へ飛んで行く。今夜は何度も上がったり下がったりと忙しい。

やがてボネが抱えて来たものは、形だけなら守里も見たことがあった。

「なんか、あの……雑貨屋さんやお土産物屋さんで、たまに見かける……」

「ドリームキャッチャーですね」

ボネから受け取りながら、楓が名称を教えてくれる。

（これ、そんな名前だったんだ）

直径七センチほどの輪っかに、蜘蛛の巣状に糸が張られ、その輪から垂れ下がるように羽やビーズがいくつもつけられている。輪も羽も白一色なそれは、ただのインテリア小物というには厳かで神聖な雰囲気があった。

「北米の先住民族に伝わる、魔除けのアイテムです。寝室に飾ると悪夢から守ってくれるそうで、この輪に張られた糸が悪い夢だけを捕らえるんです」

ツンツンと、楓が蜘蛛の巣状の糸を指先で弾く。

手作りのようだが、網目は細かく繊細だ。デザインのセンスから、サシェと作り手は同じかもしれなかった。

「捕らえた悪夢は、朝には陽の光を浴びて消滅します。逆にいい夢は、羽から寝ている人に流れて入って行くともされ、魔除けと同時に幸運を招く効果もありますね」

「へえ……羽にも意味があるんですね」

守里は興味津々で楓の手元を覗く。

輪の材料やどの鳥の羽を使うかなども、こだわりがいろいろとあるらしい。いくらでもバリエーションが作れそうだ。

「そ、それ、いくらで売ってもらえるっ？　高くても買うわ！」

美々子は立ち上がって前のめりになった。まさに藁にも縋る思いなのだろう。

楓は「差し上げます、お代はけっこうです」と微笑む。

「ただ……夢というのは、その人の深層心理に影響するとも言います。このアイテムはあくまでほんの手助けで、一度ご自身の心に向き合ってみてもよいかもしれません」

「ええ……」

忠告と共に、美々子はドリームキャッチャーを受け取った。美々子自身も、どうしてあんな悪夢を見るのか、心当たりがないわけではないのか。

守里にはそれが、『結婚』が絡んでいる気がしてならなかった。

(その悪夢は、本当に『悪夢』なのかな……?)

その後は、美々子は出された軽食をすべて腹に治め、また後日お礼をすると言い残して去っていった。

遠ざかるヒールの靴音に向けて、楓はいつものように「おやすみなさい、よい夜を」と唱えて見送ったのだった。

＊＊＊

「来ちゃった……」

翌日の土曜日。

昼間はまだまだ蒸し暑いが、夜になると吹く風が肌に涼しい。

ほんのり秋の香りがする夜風を浴びながら、守里が立っているのは、大通りに面したとある店の入り口前だった。重厚な扉横の壁には、アイアン製の看板に切り抜き文字で

『レストラン・ゆめの木』と、店名が掲げられている。

(外食の予定なんてなかったんだけどなあ)

本日の守里は一日職場から急な呼び出しもなく、ゆったりとした休日を送っていた。なにかオクトーバーフェストの参考になるかもと、アクションものと恋愛もののドイツ映画を配信サイトで観たのは、一種の職業病かもしれないが、基本的にアパートでゴロゴロしていた。

それがふと、窓の外で陽が傾き出したところで、美々子の悩める顔がはっきり思い浮かんだのだ。

(デートに行くお店はわかっているわけだし、ワンチャン遭遇すれば様子が見られるかも……って、お節介すぎ？　仕方ないじゃん、気になったんだし)

誰とも知れず、行動の言い訳をする。

ついでに言うなら、仕事関係で顔見知りの店ではあるので、気軽に行きやすかったのもある。美々子たちに遭遇できずとも、普通に食べて帰ればいいかなと思えた。

たださすがに、ランチはお一人様で行けても、ディナーはちょっと厳しい。

だからダメ元で、彼女を誘ったのだ。

「ごめん、守里！　待たせた」

「そんなに待っていないし、予約時間には間に合っているよ」

通りを走ってやってきたのは、友人の纏だ。

長い髪をバナナクリップでまとめた彼女は、マスタードイエローのセットアップを見事に着こなしている。鋭い吊り目で第一印象はキツく見られがちだが、笑えば人当たりのいい印象になるところは、学生時代から変わらない。

「むしろ本当に纏が来られてビックリしているよ。急だったけど、真菜《まな》ちゃんと真央《まお》くんはよかったの？」

「旦那が面倒見てくれているからね。あんまり長居はできないけど」

「快くOKしてくれた？」

「たまには友達と遊びに行っておいで、だってさ。料理も私より上手いし、いい旦那捕まえたわ！」

Vサインを作る纏は、家庭的な旦那に毎日助けられているという。

纏の娘の真菜はおませな三歳で、真央はやんちゃな二歳の息子だが、どちらも纏の料理より、旦那の料理が好きなのだとか。「クッキング教室とか行った方がいいのかな」とぼやく纏に、守里はクスッと笑う。

「じゃあ、中に入ろうか」

再会トークを終えたところで、扉を押して来店する。

中は三十席以上あって広く、半分以上がすでに埋まっていた。

黒を基調とした内装は、キャンドル風のシャンデリアがラグジュアリーで、以前ランチに守里が来た時のカジュアルな雰囲気とは、またディナータイムというだけでガラリと一変している。

(纏もちゃんとした服装だし、私もラフな格好で来なくてよかった……)

モカカラーのコクーンワンピースは、守里の少ない手持ちの服の中で、比較的フォーマルな場に合う一着だ。

髪もぐっすりカフェでもらった、黒のリボンをサイドにつけている。楓のように編み込みは器用にできなかったため、横髪を捻って留めただけだが、これだけでお洒落した気分になれた。

「いらっしゃいませ。ご予約のお客様でしょうか?」

「あ、はい」

若いウェイターが、すすっと守里のもとへ進み出た。

人気店な上に週末で、当日予約は取れないかもと危惧していたが、偶然にも電話に出てくれたのが守里と面識のあるオーナーだった。

オーナーは「あれ、もしかして乾さんですか？」と気付き、にこやかに「席キープしておきますよ」と申し出てくれたのだ。

お仕事を頑張っている特権ということで、守里は有り難くお願いした。

「二名でご予約の乾様ですね。こちらへどうぞ」

名前を告げれば、ウェイターは卒なく出入り口に近い席へ案内してくれる。

（当たり前だけど、普通は従業員って人間だよね……）

ぬいぐるみがトコトコ出迎えてくれる空間がおかしいのだと、今さらながら痛感する。受け入れ切っていたが、正常な感覚は守りたいところだ。

「コースでいい？　纏はアルコールどうする？」

「久しぶりに白ワインでも飲んじゃおうかな」

「いいね、それ」

ワインレッドのテーブルクロスが掛かった席に、向い合わせで座って、飲みもののメニューを広げる。守里も迷った末、前にオーナーがオススメだと話していたサングリアを選んだ。フルーツやスパイスを漬けたワインカクテルで、女性人気の高いお酒だ。

ウェイターに注文を済ませたところで、さり気なく店内を見回す。

（美々子さんはいない……よね）

時間も纏の来やすいタイミングを設定しただけで、美々子たちと来店時間が被るかは完全に賭けだった。

本当に「様子を見られたらラッキー」くらいの心持ちのため、今は友人との会話を楽しむことにする。

「ここ、守里の仕事にも関係するレストランなんでしょ？　あちこちに人脈広げていて凄いじゃない」

「そんな格好いいものじゃ……」

「私もすっかり在宅ワークに慣れたけど、またそのうちアパレルの仕事に戻りたいかも」

シャンデリアの下で、纏は懐かしむように瞳を細める。

大学時代からレディース服の販売スタッフをしていた纏は、出産を機に一度仕事を辞めて、今は自宅でできるカスタマーサポートの業務をしている。

電化製品に関するお問合せを受けているそうで、けっこう在宅で多様に働けるものだなと守里は感心した。

「纏は相変わらずお洒落だし、いくらでも復帰できるよ」

「そうだといいけど！　あんたも今日、髪とか似合っているわよ。というか、ちょっと前に死にそうな声で電話していたわりに元気じゃない」

「あははっ……」

忙しさは変わっていないが、確かに現在の守里は、駅のホームで纏と電話していた時とは身も心も明らかに異なる。

あの時は生ける屍、ほぼゾンビだった。

「なにか変わるきっかけでもあった？」

「まあ……なにより夜、眠れるようになったかな」

「大事よ、それ。睡眠は歳を追うごとに重要性は増すんだから。今の守里はいい顔をしているわよ」

纏のストレートな評価が、じんと胸に浸透する。嘘をつかない彼女のことなので、本当に守里は顔つきもよい方に変わったのかもしれない。

そうなれたのは、ぐっすりカフェの皆のおかげだ。

（私にとっては、あそこはもう特別で大事な場所……。お世話になりっぱなしな分、いつか恩返しができるといいな）

カフェに思いを馳せているうちに、飲みものと料理が運ばれて来る。

創作料理というだけあって、珍しい野菜を使った一品や変わった調理法の一品も多く、食べる度に新鮮な驚きがあった。カフェで提供される、睡眠へのアプローチ特化で手作り感あふれるメニューとはまた違う。

「それでね、真菜と真央の喧嘩《けんか》が絶えなくて……」

「年子は喧嘩多いって、クライアントのパパさんから聞いたことあるかも」

纏の子育て苦労話に相槌を打ちながら、あっという間にやって来たデザートのプレートにフォークを向ける。

ケーキやフルーツの三種盛りで、添えものの生クリームから掬ったところで……ウェイターが真っ赤な薔薇の花束を抱えて、奥に向かって進んでいくところを守里は目撃する。なかなかお目に掛かれない本数の、大きな花束だ。

（あれっ？　もしかして……っ）

店内にはまだ奥があって、美々子たちはそちらにいる可能性が一気に浮上した。

ランチに来た時もこの出入り口に近い席だったため、店内の広さを見誤っていたようだった。

（チ、チラッとだけ！　チラッとだけ確認したい！）

守里はナプキンを膝上から外し、「ちょっとお手洗い行ってくるね！」と断って席を立つ。纏といえば「先に食べているわよ」とデザートに夢中だ。

向かった店の奥は、一段と豪華な空間だった。

大理石でできた円柱状の台があり、その上に見上げるほど背の高いガラスの花瓶が置かれ、くすんだ秋色アジサイが趣深く飾られている。

その周りには間を空けて四席しかなく、いわゆる特別席に当たるのだろう。

窓際の席に、美々子はいた。

（わっ！　美々子さん、気合い入っている！）

アジサイの陰に隠れる形で、守里はそうっと様子を窺う。

美々子は栗色の髪を肩まで流し、パール系のアクセサリーを身に付けている。袖部分だけオーガンジー素材な白のフリルブラウスに、ネイビーのタイトスカートと、スタイルのよさを出しながらも女性らしい甘さもあって、モデルのような出で立ちだ。

（悪夢を見ずによく眠れたのかな？　元気そう？　お相手は……）

その前にいる男性が、噂のハイスペックな彼か。

髪を後ろに撫でつけ、シルバーグレーのテーラードジャケットに黒シャツ、ジャケットと同色のパンツと、髪も服もシックに決めていた。

如何にもエリート感の漂うイケメンではあるのだが、守里は反射的に「楓さんの方がカッコイイな」と比べてしまう。

（……って、これは美々子さんにも失礼でしょっ！）

相手男性は「なあ、美々子」と、改まって居住まいを正す。

先ほどの薔薇を持ったウェイターが、絶妙に美々子には見えない位置で薔薇を背に隠し、彼等の席の傍に控えている。

王道のプロポーズシーンが見られるのかと、守里はショーが始まる前のようにドキドキしてきた。盗み見の罪悪感はあれど、期待はごまかせない。

「俺は周りみたいに、結婚に妥協とかする気なくてさ。前にも言ったけど、相手の女性にはそれなりの条件を求めているんだ」

「……ええ」

「その点、美々子は全部呑んでくれたよな。出会って日は浅いけど、君となら俺の理想の家庭が作れるんじゃないかって……」

（んん？）

守里は相手男性の高圧的な言い方が鼻についたが、美々子は瞬きもせずに聞いている。

『自信家なところも愛嬌』だとコメントしていたので、こういうところも美々子は好ましく思っているのか。

男性はジャケットのポケットから、リングケースを取り出した。パカッと開けばいよいよで、ダイヤの指輪が煌めくと共に、「結婚しよう」と男性が言い放つ。

絶対に断られることはないと、本当に自信満々な様子であった。この後すぐに美々子が受けて、赤薔薇の花束が渡される手筈だったのだろう。

しかし、美々子は指輪を受け取らなかった。

背筋を伸ばして頭を下げる。

「ごめんなさい……貴方とは結婚できません」

「えっ⁉」

思わず守里が声に出せば、一瞬バチッと美々子と視線が合ってしまった。

次いで男性の「な、なんでだよ！」という混乱し切った怒声と、ウェイターの「お、お客様……っ」と宥める声が重なって、場が混沌としていく。

正直ここからが気になる展開ではあったが、さすがに長居できず守里はそそくさと自分の席に戻った。

守里とて、相手男性に負けず劣らず混乱している。

(美々子さんはどうして……昨日までは、プロポーズを受ける気だったよね？　幸せになるって……)

美々子が喜んではいなそうだとは感じていたが、断るまでは想定していなかった。ぐるぐる考え込む守里に、纏が首を傾げる。

「なに、お手洗いでなにかあった？」

「う、ううん、別に……」

「守里がいない間に、旦那から連絡あってさ。子供たちも連れて車で迎えに来てくれるらしいの」

「あっ、そうなんだ。そろそろ出ないとだね」

ひとまず切り替えて、守里はパクパクとデザートを平らげた。テーブルで会計をお願いしていると、荒い足音を立てて誰かが店を出て行く。

今や美々子にフラれてしまった相手男性だ。赤薔薇の花束を乱暴に引っ摑んでいる。

守里が目を丸くしている間に、会計も無事に終了する。

「すっごい羽を伸ばせたわ！　誘ってくれてありがとうね！」

「こっちこそ、いきなりだったのにありがとう」

裏の駐車場の方に、もうお迎えの車が来ているとのことで、纏とは店を出たところで別れた。今から家族四人で夜のドライブをしてから帰るそうで、家族仲がよくて微笑ましいことである。

（さてと、私は……）

守里は店から出てこない美々子が心配だった。男性は帰っていったが、彼女はまだ中にいるはずだ。

店前の大通りをうろうろしていると、やがて扉から美々子が現れる。

「ああ、やっぱり守里さんね。これって偶然？」

「……半分偶然で、半分は故意です。ごめんなさい」

栗色の髪を靡かせて傍まで来た美々子に、守里は素直に白状する。

近くで相対すると、今夜の彼女は化粧もバッチリだとわかり、オリエンタルな香水の匂いもした。暗闇でも輝いて見える、星空のようなネイルも綺麗だ。

(でもこんな気合いを入れていても、プロポーズは断ったんだよね)

改めて謎である。

そこに踏み入って良いか否かで迷っていると、美々子がぎゅっと守里の腕を取った。

「守里さん、今夜はまだ時間ある？　一、二時間くらい」

「へっ？　あ、ありますけど……」

「私の自宅兼職場が、ここから徒歩で行ける距離なの。よかったらそこでちょっとお喋りしましょう」

「じ、自宅兼職場って……わわっ！」

ぐいぐいと、美々子は守里を引っ張って歩き出す。意外にも押しが強くて強引だ。

美々子のことを、落ち着いた大人の女性だと認識していた守里は、新たな一面を見た気がした。

そうして連れて来られた美々子の自宅は、セキュリティに隙がない新築マンションだった。守里の住んでいるアパートよりも、おそらく家賃が倍近くはする。

そんなマンションの三階の角部屋には、ドアに手作り感あふれる木製のプレートが掛かっていた。

『ネイルサロン・ｍｉｍｉ』と銘打たれている。

中にお邪魔すると、オフホワイトで統一された清潔な空間が広がっており、ライトが設置されたテーブルや、ネイル道具が一式揃ったワゴン、棚に立て掛けられたコルクボードなどがあった。ボードにはネイルチップがディスプレイされている。

「美々子さん、ネイリストだったんですね」

「自宅でサロンを開業してもう三年目よ。前職は美容師だったんだけど、務め先の美容室でオーナーと揉めて辞めちゃってね」

そこからいろいろと美容系の資格を取ったり、寄り道で投資の勉強をしたりなんかして、結果的に自宅でネイルサロン開業に行きついたらしい。

「美容師時代からネイルの勉強はしていたの。あとは民間資格だけど着物の着付け講師や、フェイスペイントの資格なんかも持っているのよ」

「た、多才ですね……」

「とにかく興味のあることは、なんでも試してみようかなって。あっ、そっちのソファに座って頂戴」

勧められた一人掛けソファには、フリース素材の膝掛けも準備されていた。テーブルを挟んで美々子もワークチェアに座ると、まさに客とネイリストの構図になる。

サッと、美々子は髪を束ねて黒ゴムで結んだ。

「道端で助けてくれたお礼も兼ねて、せっかくだから守里さんにタダでネイルはどうかしらって。お喋りしながら、手早くやるから」

「ネイルを……⁉　申し訳ないですから！」

「会社ではNGなの？」

「規則はだいぶ緩いですけど……」

頭に浮かべたのは、小金井のゴテゴテした爪だ。

あそこまではしたいと思わないけれど、美々子の夜空を写し取ったようなネイルにはちょっぴり憧れる。

「それならいいじゃない。ねっ？」

「じゃ、じゃあ……」

またしても、美々子の押しの強さに負けてしまった。「簡単なところで、ワンカラーとかフレンチとか……デザインはお任せでいい？」と聞かれ、ネイルサロンが初体験の守里は、質問内容がそもそもピンと来ずコクコク頷く。

爪に問題はないか、アレルギーの有無なども続けて確認され、そちらも問題ないと問われるままに答えた。

「OK、始めていきましょう」

ジェルネイルを施す前には、爪の形を整えて甘皮のケアをするなどベース作りが必要だという。

美々子は作業しながら、実にあっさりした調子でレストランでのことを口にする。

「私が彼のプロポーズを断ったところ……守里さん、見ていたでしょ」

「うっ、はい」

「一応ギリギリまで悩んではいたんだけどね。今朝起きた時点で、もう断ることは八割くらい決めていたんだと思う」

「……どうしてですか？　あのプロポーズの言葉がいまいちだったからですか？」

「うんっ！　それもある！」

ツボに入ったのか、美々子は豪快に笑う。短い時間の間で、守里の中での美々子のイメージはどんどん変化していっている。

「確かにあんな内容で女を口説こうとか、舐めているわよね。やっぱり無理！　ってなっちゃった。恥を掻かせた私が悪いんだけど、アイツお金も払わずに出て行ったし。お店の人にも迷惑掛けたわけだし、私がふたり分払ったわよ」

ついでに赤薔薇の花束もダイヤの指輪も趣味じゃなかったと、フッた後なので言いたい放題だ。

お店選びのセンスだけはいいと、一応のフォローは入ったが……。

「なにより、断った一番の理由はね……ちょっと待っていて」

いったん作業の手を止めて、美々子は後ろの引き戸を開ける。その向こうは生活空間になっているようで、暗がりにベッドの脚などが見えた。

そちらに行ってすぐ戻って来た美々子の手には、例のドリームキャッチャーがあった。白い羽がふわふわと揺れる。

「たぶんこれのおかげなんだけどね、昨晩は夢の内容が変わったの」

「あの追い掛けて来る奴、出て来なかったんですか？」

美々子はドリームキャッチャーをテーブルの端に置いて、ふるふると首を横に振る。

「出て来たわよ。でも追い掛けて来なかった」

「それって……」

「うん。最初はそのくらいの変化じゃ、悪夢なことは一緒じゃないって、夢の中でカフェのマスターさんにキレていたんだけどね」

知らぬところでキレられていた楓に、ほんのり守里は同情しつつ、美々子の話に耳を傾ける。美々子は作業を再開しながら、ついに黒い影に覆われた追跡者の正体が判明したのだと言う。

「正体はね、私だった。私自身だったの」

「美々子さん自身……？」

「正確には、三年前の自分かな。ネイルサロンを始めた頃くらいの私に、『本当に貴方の選択はそれでいいの？』って、結婚について問い掛けられたわ」

それは美々子が表には出さないようにしていた、深層心理にある迷いへの自問自答だったという。

「マスターさんが自分の心に向き合ってみて……って、忠告をくれたことは正しかったみたい。本当は結婚なんて、私はまったく乗り気じゃなかったの」

それなのに三十歳を越えた頃から、親にも友達にも「独り身だと不安でしょう？　早く相手が見つかるといいわね」やら「美々子にも結婚して幸せになって欲しいの」やら、やたらと突かれるようになったという。

「皆、悪気はないのよ。むしろ善意。でも捻くれている私からすると、それって相手がいなくて結婚していない今の私は、幸せじゃないみたいよね」

「捉えようによっては……」

「ただ私も、言われすぎたら洗脳されて来ちゃって。皆が言う『幸せ』になるために、マッチングアプリを使って婚活を始めたわけ」

ここで爪の下準備が終わり、いよいよネイルを塗っていくターンに移る。美々子の動きは淀みなく、プロであることを感じさせた。

「数人の男性とメッセージのやり取りはしたけど、直接会ったのは彼だけ。周りからは『一発大当たりじゃん！』って騒がれて、私もどんどんその気になってってね。でも……彼から『俺と結婚するなら、仕事は止めてくれ』って条件出されて」

守里は爪が彩られて行く様を感慨深く見つめながらも、盗み聞きしたプロポーズの言葉を反芻する。

相手女性には条件を求めているとか、俺の理想の家庭がなんたらとか、一方的に並べ立てていた。その条件というのがいろいろあった訳だが、とりわけ大きなものが『専業主婦になって欲しい』だったとか。

「共働きが主流の今時⁉って思ったけど、まあ友人にも何人かいたし」

「それこそ、そこは旦那さんと相談ですよねきっと……」

収入面や生活習慣の面以外にも、向き不向きが大いにあるだろう。

「一度はその条件も呑んだけど、心の奥にいる私はずっと納得していなかったみたい。延々と追い掛けてまで、結婚について考え直させようとしていたくらいだから」

「つまり美々子さんが毎晩見ていたのは、悪夢ではなく自分からの警告……メッセージって感じですかね」

「そんなところね」

美々子にとっては彼との結婚より、この仕事が大切だったというわけか。

そう尋ねると、美々子は柔らかく微笑む。

「美容師もネイリストも、特に信念とか持って始めた仕事じゃないし……なんとなく好きってだけでやって来たんだけどね。その『なんとなく好き』は、思っていたより人生で捨てられないものだったみたい」

「……わかります」

守里もイベント企画会社で働くことに関して、少し前に似たようなことを考えて転職を見送った。

詰まるところ、『好き』だから辞めたくないのだ。

そして、纏のように結婚を選んだから幸せに暮らしている女性もいれば、結婚を選ばずとも美々子のように幸せに生きる女性もいる。ただそれでいいのだろう。

「私の仕事も認めてくれるもっと素敵な人と出会えたら、結婚をまた考え直すのもアリだけどね」

「そこは臨機応変に、ですね」

「そうそう」

清々しい態度の美々子と、守里は顔を見合わせて笑い合う。

ごまかしていた本音に夢で向き合え、今朝の美々子はスッキリいい目覚めだったようだ。ドリームキャッチャーさまさまだという。

他にも客商売のためかトークの上手い美々子と、守里は他愛のない雑談を交わした。歌手のSARASAを美々子も知っていたことには、つい興奮してしまった。サロンのお客にファンがいたそうだ。

そのことでも盛り上がっているうちに、ネイルは無事に完成。変身を遂げた両手を眺めて、守里は自分の爪なのに見惚れてしまう。

「グラデーション、素敵……」

ツヤツヤと光るブラウン系のオレンジは、グラデーションの濃淡が鮮やかで、派手すぎずこなれ感さえあった。

「気に入った？」

「はい、とても！」

「それね、カフェのマスターさんをイメージしてみたの。楓ってお名前だから、秋に色付く楓の葉イメージ」

言われてみれば、これからの季節にもピッタリな秋色だ。

しかしながら、楓イメージのネイルなどと教えられたせいで、守里は薄っすら羞恥を覚える。わざわざ美々子が、そんなチョイスをした理由を聞くのも勇気がいる。

縮こまる守里に、美々子はいたずらっぽく囁《ささや》いた。

「私が言うのもなんだけど……なんだかんだで惚れた相手と結婚できたら、万々歳だと思うわよ」

「ちょっ、惚れた相手って……！」

「謎の多いマスターさんだし、落とすのは大変そうだけど頑張って！」

すっかり仲良くなった美々子にからかわれ、守里は真っ赤になって抗議する。楓はそんなのじゃないのだ、たぶん。

美々子の部屋から出て、マンションを後にしてからも、守里の頰はどうにも熱いままだ。爪を見ると思い出すのが厄介である。

「もうっ！」

帰りはバスのため、バス停を目指して大通りを歩きつつ、夜風で火照った頰を冷ます。

今夜はさすがにもう寄れないが、次にカフェへ行った時、スフレあたりにネイルについて聞かれたら……平常心で答えられるかわからなかった。

今夜は、楓の夢を見てしまうかもしれない。

そんな予感にまた、守里は顔を赤らめるのであった。

四話　月夜のおまじない

戸ノ内竜《とのうちたつ》は、どうしたものかと悩んでいた。

目の前の折り畳み式の会議用テーブルには、クッキーの缶に入れたソーイングセットと、様々な色のフェルトが広がっている。

公民館で学生ボランティアが開催している、高齢者向けの手芸教室。

テーマはフリーで、ただ集まって各々好きなものを作る気楽な場に、竜が通い始めてもうだいぶ経つ。

だが今回、フェルトを使ってぬいぐるみのマスコットを……とまでは決めたが、なかなかデザインが決まらず、手が止まってしまっていた。

教室内は女性が九割で、皆きゃあきゃあと騒ぎながら作業をしている。男性はもともと少なく、今日の参加者に至っては竜ひとりだ。

誰かに相談もしにくいなあと煮詰まっていたら、「手が止まったままですよ、竜さん」と背後から明るく声を掛けられた。

ボランティア側である、高校生の女の子だ。明るい茶髪も、薄い茶色の瞳も生まれつきの自前だという。

「ああ、梢《こずえ》ちゃん。孫に贈るものだから、いつもより慎重になっていてね」

「お孫さんに？　あ、お誕生日とか！」

「いいや、違うよ。実はね……」

竜が孫周りの事情を話せば、たちまち彼女は悲しそうな顔になる。

「そうだったんですか……心配、ですよね。わかります」

「梢ちゃん……？」

重苦しく彼女は一瞬俯くも、次いで顔を上げてパンッと手を叩いた。

「でもそれなら、私にいい案がありますよ！　完成したら特別なおまじないも教えちゃいます！」

竜は急に飛び出した『おまじない』とやらに首を傾げるも、彼女の案をまずは聞いてみることにした。

大切な孫へ贈るのだから、よいものに仕上げなくてはならない。

――竜はようやくデザインを決めて、針に糸を通した。

＊＊＊

「うーん……」

守里はパソコンの画面を前にして、腕を組んで小さく呻いていた。ここが会社でなければ、遠慮なく頭を抱えていたところだ。

（もっと盛り上がる新しい企画を……って、なに⁉）

月曜日に出社して、真っ先に始めたメールチェック。

受信ボックスには、目下一番の大型案件である地元版オクトーバーフェストに関して、先方の担当者から連絡が来ていた。タイトルが『ご相談があります』な時点で、守里は嫌な予感がしたのだ。

その相談内容といえば、イベントの概要についてだ。今のところは本場オクトーバーフェストに則り、多種類のビールを飲んで美味しいものを食べて、歌や踊りのステージを来場者に楽しんでもらおうというもの。

ただそこに、なんでもいいから別角度での趣向も取り入れたい、と。その案を守里に考えて欲しいというのだ。

つまりは丸投げである。

しかも『明日中には案を送ってくれますか』ときた。

(あの担当者さん、こういう無茶ぶりするタイプだったかあ……ううっ)

要望が『盛り上がる』『新しい』『別角度』と抽象的なために、アイディアを出すにしても一からだ。

ただこういう場面でこそ、イベントプランナーの腕の見せ所であるともいえ、守里としても本気で良案は練りたかった。

(たとえば抽選会とか、会場内でスタンプラリーとか? 手配は比較的簡単だし、景品の準備さえできたらいける? でも新しさはないか。ご当地キャラクターとの撮影会は? 悪くはなさそうだけど、うちの地元キャラってそこまで知名度ないんだよね……盛り上がるかな? 集客も狙うなら、SNS映えするって点も今時はマスト?)

準備に掛かる期間や費用なども考慮し、実行可能な範囲で模索していく。

険しい顔でパソコンと睨み合っていたら、小金井が後ろから「乾さーん」と緩く声を掛けてきた。

「先週頼まれていた案件、書類作ったので確認お願いしまーす」

「あ、うん」

パッと守里は顔を上げて、差し出された薄い紙束に素早く目を通す。

支障なく、よくまとまっている。

「これでいいよ、ありがとう」

書類はそのまま、三浦のデスクに提出するようお願いする。小金井はこちらが指示を出して、それに従ってくれさえすれば、存外に的確な仕事ぶりをみせた。

「はーい。乾さん怖い顔していたから、話しかけ辛かったけどよかったですぅ。そういう顔ばかりしていると、老けるの早いですよ」

「は、ははは……」

……相変わらず、言動はチクチクと嫌味な面があるが。

「あっ！　でもぉ、今日の乾さんはオシャレしていて、とってもいいと思います」

「へっ？」

急に褒められて、守里は惚けた反応をしてしまう。小金井の視線は、守里の頭と爪を行ったり来たりする。

「髪のリボンも、オレンジのネイルも垢抜けた感じで！　もしかして仕事帰りにデートですかぁ？」

「そんなじゃないけど……小金井さんって、私のこと意外と見ているんだね」

ついビックリしたまま、素直な感想を守里は口にしていた。

小金井は「ちゃんと身形を整えている人くらい、わかりますー」と頬を膨らませる。あざとい仕草だ。

「私は忙しくても、見た目にしっかり気を遣うべきだって思っていますから。特に人と会う仕事なら、綺麗で可愛くした方が好印象じゃないですか」

小金井なりの信条に、守里は彼女への見方を少し変える。ちゃんとした考えがあって、彼女は化粧もコーデも毎日手抜きしないでいるのだ。

（まあ、それでも相変わらず華やかすぎるとは思うけどね！）

今日はピンクブラウンの髪が一段とくるくるしている上、全身レモンイエローだ。オフィスカジュアルからは逸脱《いつだつ》している。

彼女こそ、仕事後に恋人か意中の彼とデートなのかもしれない。

「それに見た目をちょっと弄るだけでも、気分変わってテンション上がりますし」

（……ん？）

そこで守里は、なにか閃きかける。

早々に煮詰まって来ていた、新企画の案が出そうな感じがした。

けれどあと一押しといったところで、古田に「乾ー！　ちょっといいか？」と呼ばれてしまい、仕方なく意識をそちらに向けたのだった。

「ええっと、これはどういう状況……？」

時刻は夜の九時頃。

朝一に無茶ぶりされた後も、昼頃に今度は別のトラブルが発生し、バタバタしていたら本日も守里は安定の残業コースだった。

〆切は明日中なのに、まだ新企画の案は定まっていない。

いつものように癒やしを求めて『ぐっすりカフェ』にやって来れば、そこにはいつも以上に珍妙な光景が広がっていた。

「あっ、守里さん。いらっしゃいませ。今はボネが手術中でして……！」

「うーん、うーん」

「ボネ！　気をしっかりですー！」

「傷は浅いわ！」

カウンターの向かいに立つ楓が、わかるようでわからない発言をする。

入り口に近い席では、テーブルの上にタオルが敷かれ、ボネが横倒しに寝かされていた。なにやらうんうん唸っている。

そんなボネを、床から一生懸命タルトとスフレが励ましているという、謎の構図だった。

なによりその席には、お客様であろう七十代後半くらいのお爺さんが座っている。小柄な体躯にモスグリーンのセーターを着ており、白くなった髪は薄い。丸眼鏡の奥の瞳は温和な印象で、如何にも好好爺といった風貌であった。

「おや……私の他にも、こんな不思議なカフェにお客さんかな？　こんばんは、お嬢さん」

紳士的に喋るお爺さんは、白い糸を通した針を持っている。テーブルにはクッキーの缶に入ったソーイングセットが広げられていた。

「こ、こんばんは」

挨拶されたので、守里も反射的に頭を下げ返す。

「竜さん！　守里さんとの会話は後にして、早くボネを治してあげて頂戴！」

「ああ、そうだね。すぐに縫うよ」

スフレに竜と呼ばれたお爺さんは、よいしょっとボネの体を持ち上げた。そこで守里は、ボネの角の部分がほつれて、もこもこと綿が飛び出ていることに気付く。

人間で言うところの、怪我をして血が流れている状態だ。

遅れて守里もぎょっとする。

「だ、大丈夫なの、ボネ……!?」

「どこかで引っ掛けたのか、タルトがテーブルを拭いている途中でボネの怪我を見つけて……俺と三匹で大騒ぎしているところに、竜さんが来店されたんです。お裁縫が得意とのことで、ボネの治療をお願いしまして」

楓の説明通り、竜は慣れた手つきでほつれた箇所を縫っていく。まるで魔法のようにスルスルと、あっという間にボネの角は元通りになった。

さながら本当にぬいぐるみのお医者さんだ。

ふわっと、復活したボネは空中に浮き上がる。

「なんかー元気になった、気がしますー」

「凄いです！　奇跡です！」

「竜さんはまさにゴッドハンドよ！」

先ほどから続く、タルトとスフレの医療ドラマのようなノリはなんなのか。なにはともあれ、治ったようならなによりである。

「間違えて手芸教室用のバッグを持って散歩に出たけど、ちょうどよかったよ。動くぬいぐるみさんたちには最初、腰を抜かすかところだったがね」

ソーイングセットを片付けながら微笑む竜は、このご近所で一人暮らしをしているらしい。

眠れない夜に少しお散歩をしていたら、昼間は空き家だったはずの場所にカフェがオープンしていて、驚きつつもふらふらと惹かれて来店したそうだ。

すると、中では美青年とぬいぐるみが「しっかりするんだ、ボネ!」「ボネはーもうダメですー」「誰かお医者さんを早くお願いします!」「ボネを助けて!」……などと茶番を繰り広げていたから、二度驚かされたという。

「お食事をお出しする前に、大変失礼致しました。ご注文のおやすみセット、すぐにご用意致しますね。守里さんもどうぞお掛けください」

「あ、はい」

「同じセットでよろしいですか?」

それ以外に注文するつもりはないので、楓に二つ返事をする。いったん厨房の方に、楓とタルト、元気になったボネは引っ込んでいった。

守里は座る席に悩むも、竜に「よかったら話し相手になってくれないかい?」とやんわり誘われ、向かいに腰を下ろす。美々子の時に続いて相席だ。

「悪いね、こんな爺さんの相手をさせて。眠れない夜は、誰かと話したくなってしまって」

「そういうカフェなんです。安眠を求める人たちが訪れるっていうか……」

「お嬢さんは初来店じゃないんだね」

フロアに残ったスフレが、すかさず「守里さんはうちの常連よ！」と補足する。いつの間にか常連に昇格していたようだ。

「あら？　守里さんの爪、綺麗ね！」

「あっ、これは……！」

「なになに、急にどうしたの？」

爪先立ちになったスフレに手元を覗かれ、守里は不意打ちで狼狽える。楓イメージのネイルであることを意識し、体温が一度か二度上がった。

スフレは「ねーねー！」としつこく迫って来る。

意識しすぎて口をもごもご濁す守里に、助け船を出してくれたのは竜だ。

「これこれ、ウサギさん。お嬢さんがお困りだよ」

「そんなに困る質問だったかしら」

不満気ながらも、スフレは引き下がってくれて胸を撫で下ろす。この隙を逃さず、守里は話題を変えることにした。

「ありがとうございます、竜さん……そういえばお裁縫、お上手なんですね。もしかして、そのセーターも？」

「お恥ずかしながら、私作だよ」

「やっぱり！　売りものみたいですね」

真正面からまじまじと眺めて、守里は感嘆の息を吐く。目も粗など一切なく、売りものでも十分に通じるクオリティだ。

「私はお裁縫とかサッパリなんですが、昔から得意なんですか？」

「いいや、歳を取ってから始めた趣味なんだ。妻も亡くして仕事も辞めて、体はなんとか健康でも、なにもしないでいると頭も衰えてしまうからね」

新しく始めることを探していた際に、竜は手芸教室の情報を知った。なんでも高校生の手芸部の子たちが、ボランティアで高齢者向けに、この地区の公民館で月四回ほど開催しているそうだ。

「中学生の孫に強請られて、アニメキャラのマスコットを作ったら、エスエヌエス？にあげるからと写真を撮られたこともあって……」

「SNS……幅広い層が使っていますよね」

守里だって、閲覧専門だが登録している。

またも守里は新企画について閃きそうになるが、溜まった一日の疲労のせいか頭が回らなくなっていた。

（これは今晩ゆっくり寝て、明日の昼までにはまとめるしかないな。それにしても、竜さんはどうして眠れないんだろう）

ご高齢になると睡眠が浅くなるとはいうが、単純にそのせいなのか。

守里が竜の顔を見つめていると、タルトとボネが二匹揃って、今夜のおやすみセットを運んで来た。

「今夜のセットは、冷え性さんに効くぽかぽかメニューです！」

「ぽかぽかでーぐっすりー」

タルトは守里に、ボネは竜に、トレーごとどうぞと渡す。今回は飲みものも一緒に出されていた。

北欧食器らしきドット柄のスープボウルには、熱々の湯気を立てるビーフシチューが盛られている。ゴロゴロのお肉やジャガイモ、ニンジンがとろりとしたルーに溶け込んでおり、濃厚な匂いが空腹を煽る。

添えものはスライスされたライ麦パンで、シチューをつけて食べても美味しそうだ。

「ほう……ビーフシチューかい。妻の得意だった料理を思い出すよ。こちらの飲みものはなにかな？」

竜は深緑の丸いティーカップを手に取る。ぽかぽかメニューというだけあってホットドリンクのようだが、見た目だけではわからない。

守里も気になったので、先に「いただきます」と小さく一口。

「んっ！　これは林檎と……えっと」

「生姜です。『ジンジャーアップルのホットドリンク』です」

カウンター奥の扉から出て来た楓が、今回のセットに秘められた意図を解説する。

「安眠には体温管理が必須です。元来女性は筋肉量の関係などで冷え性の方が多く、ご高齢の方も同じくで、おそらく竜さんもそうなのかなと」

「おや、どうしてわかったんだい？」

「そのお召しものはとても素敵ですが、本来なら冬物ですよね。秋になって夜は特に気温が下がるようになったとはいえ、季節的には些か早いです。それに手が触れた時、とても冷たかったので」

おっとりした性格でも、楓は人をよく観察している。守里は感心した。

竜の手には、負傷したボネを手渡す際に触れ合ったという。

「ビーフシチューは野菜もお肉も入っていて、栄養価も高く体を温めてくれます。ゆっくり咀嚼して食べてください。ライ麦パンは寝る前に血糖値の上昇を抑えられるので、シチューのお供にどうぞ」

守里と竜は、木のスプーンでビーフシチューを掬う。守里はさっそく、ホクホクのジャガイモごとパンに載せて、思い切り齧りついた。

「んんっ！　ビーフシチュー、コクがあって美味しいです！」

もちろん、ライ麦パンとの相性も抜群だ。楓は「シチューは隠し味入りです」と人差し指を立てる。

「隠し味ですか？」

「純粋蜂蜜を使っています。蜂蜜はとっても優秀な食品なので、守里さんが覚え難いとおっしゃっていた……」

「お、覚えました！　トリプトファン！」

「そう、そちらの睡眠に効く成分がたっぷりなんです。ホットドリンクの方にも蜂蜜を混ぜてありますよ」

正解して守里が小さくガッツポーズをしている一方で、竜もシチューを味わってからカップに腕を伸ばす。

口をつけて、皺の刻まれた顔を綻ばせた。

「この飲みもの、飲むと体の底からぽかぽかするねぇ。生姜のクセもそこまでなくて、林檎と蜂蜜がちょうどいい塩梅だよ」

守里と竜は、目の前の皿の中身を着実に減らしていく。

ほぼ空になるまで心弾ませて食べていたが、ふとした折に竜は、瞳に暗い憂いを滲ませた。守里はきょとんとする。

「竜さん？　どうされました？」

「なんだかねぇ……こんな美味しいものを食べていると、慣れない病院食に参っている孫に申し訳なくなってしまって」

「お孫さんですか」

聞けば竜の中学生の孫は、つい先日入院したそうだ。といっても病気などではなく、部活中の怪我が原因だった。膝をやってしまって、リハビリも含めて退院には一ヶ月半ほど掛かるらしい。

「それは……心配ですね」

竜が加齢と冷え性以外にも、眠れない理由はここにあった。

部活帰りによく竜の家に遊びに来てくれる、お爺ちゃん子で優しい孫の怪我が心配で、つい布団に入っても目が覚めてしまうという。

しかも孫は女子バレーボール部だというのだから、守里も親近感が湧いた。

　守里も中学時代、バレーのジャンプで足首を怪我したことがある。入院までは行かなかったが、完治まではけっこう掛かった。スポーツに怪我はつきものとはいえ、家族は気が気でないだろう。

「大切な試合があると話していたんだが、退院しても出場できるかは五分五分だそうだよ。孫も気落ちしているし、なんとか励ましてあげたいんだがね」

「だからーこのマスコット、お孫さんにですかー？」

　ふう……と竜が溜息をついたところで、空中浮遊しているボネが上から、椅子の背に掛けた竜のショルダーバッグの中を覗いていた。

　バッグも生地や造りが本格的で既製品に見えるが、竜の手作りなのだろう。

　さすがに覗き見はダメだと、タルトが「それは怒られるやつだよ！」とボネをあわあわしながら注意する。

「気になったのでーついー」

　ボネは治ったばかりの角を下げ、竜にごめんなさいと素直に謝った。

　カフェのメンバーでは一番マイペースなため、ここまで自ら進んでお客様に接するボネは珍しいように守里は思う。ボネはボネなりに、竜には命の恩人として親愛を示しているのかもしれない。

「いやいや、いいよ。その通りだしね」

竜は鷹揚に微笑んでバッグを膝に載せると、中からハムスターのような羊のような、フェルト製の丸っこい絶妙なフォルムのマスコットを取り出した。頭に紐はついているものの、立てなくてころんとテーブルの上を転がる。

むき出しのお腹には、赤い糸で『必勝祈願』と刺繍されていた。怪我が無事に治ることは前提で、孫が試合に出て勝てるよう祈ってだろう。

「入院中の孫にと、手芸教室で高校生の子にアドバイスをもらって作ったんだよ。孫は漫画とかアニメも好きで、私は詳しくないが有名なキャラらしいよ」

「私も詳しくなくて……楓さんは知っていますか？」

「日曜の朝にやっている魔法少女アニメのやつじゃなかったかな。子供向けだけど、大人にも人気の」

魔法少女の肩に乗っている、ナビゲーター的なキャラかなと守里は想像する。ここではスマホは使えないため、家に帰ったら調べることにした。

「これはもう完成しているんだ。おまじないも掛かっているんだよ」

「なんですか、おまじないって」

「これも高校生の子に教えてもらったんだけど、『月夜のおまじない』って言うらしいんだ。『手作りのぬいぐるみを、月の光に三日三晩当てて祈ると、不思議なことが起こって願い事を叶えてくれる』って」

それはなんともスピリチュアルな話だ。

神社に願掛けをすることや、占いのラッキーアイテム程度の信憑性だろう。だけど守里も、ジンクスの類いはわりと信じる質ではあった。

（竜さんもこのカフェに来て、不思議なことは起こっているわけだしね）

世の中は理屈だけで回っているわけではないと、よくわかる例だった。

「完成しているなら－お届けはしないのですか－？」

その不思議なことの代表である、動いて飛ぶぬいぐるみのボネが、マスコットを足先で転がしつつ問い掛けた。

もっともな疑問に、竜は困ったように白い眉をハの字にする。

「気楽に見舞いには行けなくてね。孫の入院先がけっこう遠い病院なんだよ。実は私も先々月から足を痛めていて、ご近所を歩くくらいなら問題ないけど、ひとりでの遠出は心配性の娘に止められていて……」

その娘夫婦と共にお見舞いは一度行ったが、共働きの夫婦はどちらも今とても仕事が忙しく、頼み辛いそうだ。

彼らでさえ仕事の合間や帰りに、なんとか交互に病院へ顔を出している状況である。竜の家まで迎えに行く余裕はないだろう。

「早く届けるには、どうしたものかね」

「……ちなみに、どちらの病院でしょうか？」

「玉結良《たまゆら》総合病院だよ」

バスでここからだと、乗り継いで四十分は掛かる大きな病院だ。

一応確認してみた守里は「あっ！」となった。スプーンに載ったお肉が、ぽちゃんとボウルの中へ戻る。

「そこなら私、仕事関係でちょうど明日寄る予定ですよ。関係者が入院したそうで……」

昼頃に発生したトラブルとは、オクトーバーフェストのステージに出る出演者のひとりが、まさかの盲腸で緊急入院になり、辞退になったというものだった。例の無茶ぶり担当者から、直接守里に電話が入ったのだ。

ステージのメインはドイツ人の楽団で、他にも大道芸のパフォーマーやご当地アイドルが出演する。入院したのはそのアイドルだ。

なお、キャスティングは守里の会社がしたわけではなく、先方が自分たちのコネで最初から組んでおり、なんだったらまだ守里はそのアイドルの子と面識もなかった。

「それって、マモリさんがお見舞い行かなきゃいけないものなの？　辞退になったなら、もう仕事でも関係ないじゃない」

「そこは大人の事情ってやつかな」

うさ耳を傾けるスフレの疑問に、守里は苦笑する。

ご当地アイドルということは、今後も守里の会社が請け負う別イベントで、より深く関わる未来は大いにありえる。久しぶりに先輩らしい面を出した古田から、「顔は繋いどけ」ともアドバイスされた。

「ご挨拶も兼ねて、って感じだよ。それに面識はなくても、同じイベントに取り組む予定ではあったわけだし……本人も残念がっているとは聞いたから」

お見舞い品を持って、お大事にと伝えてくるつもりだ。

その後は彼女が抜けた穴をどうするか、先方は代理候補をまだ見つけていないらしく、「乾さんの方で、オススメの演者さんがいたら紹介してください」と、担当者からは追加で頼まれている。

（でもうちの会社、キャスティング代行の仕事には弱いんだよね……。オススメって聞かれても、新企画くらい難しいよ）

……話は逸れたが、そんなわけでタイミングよく、竜の孫と守里は会おうと思えば会えるわけである。

「私がそのマスコット、お孫さんにお届けしましょうか？　よろしかったら」

「い、いいのかい？」

「これもなにかの御縁なので！」

こうしたささやかな出会いでも、縁は縁だ。

感激したらしい竜は、カサついた両手で守里の右手を取ると、感謝の意を表してぎゅっと握る。

「すまないね、お嬢さん。孫に行けずにごめんよと、一日も早い回復を祈っていると、伝えておくれ」

「必ず伝えて渡しますね」

深く守里は頷く。

孫のことが気掛かりで寝不足になっていた竜は、少しだけ安心したようだ。

「お嬢さんも、このカフェの皆さんもありがとう。おかげで今夜は、朝まで目覚めずに熟睡できそうだよ」

竜は守里にマスコットを預けると、孫の名前と病室の場所も教えた。それから緩慢な動作で腰を上げる。

彼の膝がテーブルに当たって、空になった食器たちが微かに揺れる。入り口のドアに向かって歩き出す足は、申告通り片方だけ引き摺っていた。

(夜の散歩は眠れないからってだけじゃなくて、歩く練習だったのかな)

軽くよろけた竜の背を、ボネが飛んで行って全身で支える。「転ばないーようにー」「あ、気をつけなくちゃいけないね」などとやり取りするボネと竜は、それこそ孫と祖父のやり取りにも近かった。

「そうだ、お代は……」

「当店はお試し営業期間ということで、お代はけっこうです」

ポケットに入れていた五千円札を取り出す竜に、楓はいつもの断り文句を述べる。戸惑う竜を、ボネは「まあまあー」と丸め込んだ。

外へのドアは守里が開けてあげる。

途端、ひんやりした秋の夜風が侵入して来た。

ぶるりと肩を震わせた竜に、タルトが「お土産を忘れていました！」と、オレンジのリボンが結ばれたサシェを持ってくる。

「こちら、お客様に！」

「おや……ユズと、ヒノキの香りかな？」

くんくんと、竜はタルトから受け取ったサシェを嗅いでみる。今回の香りは二種のブレンドのようだ。一歩離れたところから、楓が効能を説明する。

「どちらも日本人には馴染み深い香りであり、血行を促進する柑橘系のユズと、木のぬくもりを感じさせるヒノキは、冷えにも効果的ですよ。安眠のお供として、お土産にお持ち帰りください」

竜は「なにからなにまで悪いねぇ」と恐縮しつつも、サシェをポケットに仕舞った。守里もよく知るふたつの香りは、少し鼻を掠めただけでも癒やされる。

そうして竜は再び歩み出そうとするも、足がまたもドアにぶつかってしまう。

「いてて……」

「お、お家の前までお送りしましょうか？」

過保護だという竜の娘ではないが、守里は案じて提案した。

楓たちはなんとなくだが、カフェからは一歩も出られないのではと、守里は何度か来店して勘付いていた。こんな提案がこの場でできるのは守里だけだ。

「そこまでしてくれなくても平気だよ」

「ですが……」

「本当に家も公民館も、ここから目と鼻の先なんだ。散歩にも慣れているしね。そうそう、それで思い出した」

ほぼ独り言に近い竜の呟きは、この時近くにいた守里だけが拾う。

「店長さんは楓くん、というお名前だったかな。ここに昔住んでいた、若葉さんに少し似ているよ」

「若葉さん……？」

「梢ちゃんとも、顔立ちとか似ているけどね」

その人物たちは何者であるのか、守里が確認を取るより先に、竜は夜道に足先を向けていた。後ろで楓が「おやすみなさい、よい夜を」と唱える声が、呆ける守里にはやけに遠く聞こえる。

(若葉さんは、あの写真のお婆さん……楓さんの実祖母だよね。梢ちゃんの方は……)

考え込む守里の腰が、ずしりと重くなる。スフレが抱きついて、作りものの瞳で守里の顔を見上げていた。

「どうしたの、守里さん？　ぼうっとして」

「えっと、梢って……」

咄嗟に返答したため、考えていた名前が零れ出てしまった。

ガタッと、背後で大きな音がする。

「え……楓さんっ⁉」

「うっ」

楓が床に膝をついて、頭を抱えるように蹲っていた。食器の片付けをしていたタルトが、急いで「マスター！」と駆け寄る。ボネとスフレも彼に寄り添った。

何度か守里も遭遇したことがある状況だ。

だけど今までになく楓は辛そうだった。

(それに……どんどん透けて……！)

楓の体がところどころ、半透明になって見える。前も守里が目撃したあれは、見間違いではなかったのだ。

「か、楓さん！　楓さんしっかりしてください！」

「梢……梢は俺の……」

守里もしゃがみ込み、楓の肩に触れて呼び掛ける。楓の口から名前が出たことで、梢は楓とも関係がある人物なのだと確信する。

(やっぱり、あの写真に幼い楓さんと写っていたもう一人……妹さん、だよね？　竜さんとも、梢さんは知り合い？　ううん、今はそれより！)

これまでより苦しむ時間が長い楓に、守里の額からも嫌な汗が流れる。

だけど楓は必死に、梢のことを思い出そうとしているようにも見え、守里は下手に邪魔をしてはいけない気もした。

「ま、守里さん、今夜はもうお帰りください……」

途切れ途切れに、楓はそう促す。「け、けどっ！」と戸惑う守里に、楓は「大丈夫ですから」と存外しっかりした声で言い放つ。

「なにか大切なことを……少し、思い出せそうなんです……だから」

「わ、わかりました」

守里はテーブルの上に転がるマスコットを手に取り、急いでバッグを肩に掛けると、後ろ髪を引かれながらもカフェを出た。

最後に振り返った時。

ひとつに固まる楓とぬいぐるみたちは、王冠型の照明の下、今にも光に溶けて消え入りそうだった。

――この夜、守里はぐっすりカフェに寄った後に、初めてほとんど眠れず朝を迎えた。

五話　祈りの朝

花菱梢は祈っている。

その祈りを込めて、ぬいぐるみを作ったのだ。

――どうか、眠る兄に朝が来ますようにと。

＊＊＊

病院という場所には、独特の空気が流れていると守里は思う。

どれだけ大きな病院で人がいて、聞こえてくる音が騒がしくとも、根本的なところが静かだ。その静謐さが、子供の頃はどうにも苦手だった。

(今でも得意ではないけど……病院の有り難みは、大人になるほどわかるよね。医療系に進んだ友達とか尊敬しかないよ)

火曜日の午後三時。

水色のカットシャツに、ブラウンのテーラードパンツというオフィスカジュアルな格好のままで、守里は玉章総合病院を訪れていた。

お見舞いの品も紙袋に入れて、ふたつ携えている。中身は無難に有名店のフルーツゼリー詰合せだ。

今は仕事関係者へのお見舞いということで、勤務時間内で外出許可を取って出て来ている。かなり久方ぶりに社用車も使わせてもらえた。

竜の孫の病室に顔を出す件は、ちょっと私用だが許してもらいたい。

（ええっと、二階からかな）

関係者ことアイドルの子の病室に、先に向かうことにする。

なお先方に頼まれていた新企画の件と、空いたステージ枠の件は、もう一日待ってもらうことになった。昼に電話したら「ああ、いいですよ！　こっちこそ無茶ぶりすみません！」とむしろ謝られた。無茶ぶりの自覚はあったようだ。

昨夜久しぶりに眠れぬ夜を過ごした守里の頭では、どうあがいてもまとめ切れなかったので仕方ない。

古田と小金井にも、調子が悪そうだと心配されてしまったくらいだ。

（楓さん……あの後どうなったのかな）

広いエレベーターに乗り込んで、目的の階のボタンを押す。ぐんぐん上昇する無機質な箱の中で、苦しむ楓のことを思った。

カフェを出る直前で起きた、楓とぬいぐるみたちが消えそうな光景が、脳裏に焼き付いて離れない。夢にまで見て何度も不安で目が覚めた。

（もうカフェに行けなくなるなんてことないよね。楓さんだけじゃなくて、スフレも、タルトも、ボネも……みんなどうなっちゃうんだろう）

そんなことばかり考えてしまう。

エレベーターが着いて、守里は沈鬱な顔を引き締めてから下りた。どちらにしろ、今夜行くまでカフェの様子はわからないのだ。

目の前のミッションからクリアしていかなくてはならない。

「よし……」

患者さんや看護師さんなどが行き交う廊下を、肩に掛けたトートバッグの紐を強く握って歩み出す。

関係者のご当地アイドルの子は、二十歳には見えない童顔で、少々天然な性格だった。手術はこれからのようだが、「ボイトレしていたらお腹めっちゃ痛くなって、便秘かと思ったら盲腸でした！」と明るく話していた。

今回は残念だったけど、まずは治療に専念して……と、お決まりのやり取りをして、守里はゼリーを渡して退出。長居するものでもないので、滞在時間は十分ほどだ。

（いい子そうだったし、別のイベントで今度こそ一緒にできたらいいな）

手持ちの紙袋はひとつに減った。次は三階に向かおうとしたところで、「す、すみません！」と背後から声を掛けられる。

「はい……？　私ですか？」

振り返ると、スーツ姿の痩せた男性が立っていた。

守里は一瞬、誰か判断がつかなかったが、首元から下げている社員証を見てピンと来る。

「そうだ、同士の……！」

「どうし？」

「い、いえ！　電車でお会いした田所さん、でしたよね。サシェをお渡しした……」

つい守里が勝手に抱いている仲間意識が出たが、社員証で名前を確認しつつ、記憶と照らし合わせた。

ちゃんと守里に認識された途端、田所はパアッと顔を明るくする。

「よかった、覚えてくださっていて……！　いただいたサシェのお礼を言いたかったのに、なかなか電車でお会いできなくて」

「そうだったんですね……サシェ、効果ありました？」

「はい、とても！」

深く頷く田所の目元は、濃かった隈が確実に薄くなっている。完全になくなったわけではないが、それだけで人相がだいぶ変わり、背筋も伸びてシャキッとしていた。

守里がピンと来るのが遅かったのも、電車で二度会った時と印象が変わったせいだ。

どうやら、不眠は多少なりとも改善されたらしい。

「あっ！　今日の僕は社員証の外し忘れじゃなくて、仕事で来ているんですけど！」

「大丈夫、見ればわかりますよ」

かつての失敗を自分で言い訳する田所に、守里はつい笑う。

守里とここで出会ったことは完全なる偶然だろうが、田所は大手医療機器メーカーの営業だ。この大病院に顧客がいても、なにもおかしくはない。

「私も仕事関係者のお見舞いで来たんです」

「仕事で……社会人って、気を遣うところ多いですよね。当たり前ですけど」

短く切り揃えた黒髪を掻きつつ、田所は苦笑するも態度は晴れやかだ。

「言われた通り、サシェを枕元に置いて寝てみたら、優しい香りに……なんか、そういう日々の疲れがドッと来て。そこで初めて『ああ、自分って疲れていたんだな』って実感しまして」

働かなくては働かなくてはと、極限状態でも無理をしていた故、体の疲れを無意識にごまかしていたのだろう。

守里にも覚えのある社畜あるあるだ。

「貴方に『本当にお疲れ様です』って言ってもらえたのも、いい大人なのにじんわり泣けて来てしまって……」

「……わかります。限界の時にもらう人からの労りって、響きますよね」

「そうなんです……それで僕、思い切って一日会社を休んでみたんです。丸々なにもせずに寝て過ごしたら、また頑張ろうと思えたというか……」

今日も新規の契約が取れて、田所は長らく営業成績が地を這っていたが、ようやく希望が見え始めたという。

「貴方のおかげです！　ありがとうございました！」

ペコリと頭を下げられて、守里は戸惑う。

車椅子のお婆さんが、物珍しげに守里たちを眺めながら横を通りすぎて行った。

「あ、頭を上げてください！」

「まだお礼を言い足りないくらいで……！　それで、えっと」

田所はおずおずと、「よければお名前を伺ってもいいですか？」と尋ねて来た。ちょうど持っているタイミングだったので、守里は会社用の名刺を取り出す。

田所も胸ポケットから出して、まさかの名刺交換である。

「乾さんとおっしゃるんですね……あの、よ、よかったら、今度ご一緒にお食事とかどうでしょうか？　お礼がしたいので、その……！」

……勘のいい者がここにいれば、田所が守里に仄かな好意を示していることは、即座に察せただろう。

そのくらい、田所の好意はわかりやすいものだった。

しかしながら、当の守里はこういった面での察しはいい方ではなく、なによりふと耳に届いた歌声に意識を持って行かれていた。

「この声は……」

「へっ？　あ、ああ、これですか」

細く聞こえてくる歌声は、複数の男女のものだ。ハモりが美しく耳に心地よい。

それに歌われている曲が、守里の愛するアーティスト・ＳＡＲＡＳＡの最新曲だった。

珍しくバラードではなく、ノリが良く軽快で、手を叩いて皆が盛り上がれる一曲。

「毎月一、二回ほど、一階のロビーで院内コンサートを開催しているんですよ。患者さんや近隣の人々に好評みたいです」

「院内コンサート……」

「今歌っているのは、よく来ているアカペラグループですね。プロの方たちで、この地元を活動拠点にあちこちでパフォーマンスしているらしいです。僕もけっこうファンでして」

主に外国の曲をアレンジして歌っており、フェスなどの経験も豊富だそうで、守里は「これはいいかもしれない」と思った。アイドルの子の代わりに、地元版オクトーバーフェストのステージに出てもらえたら、と。

「田所さん！　このグループ名、教えてもらえますかっ？」

「へっ⁉　あ、はい！　ロビーでいつも配っている、チラシもありますが……っ！」

「是非見せてください！」

興奮した守里が距離を縮めれば、田所はそわそわと落ち着かない様子で、ブリーフケースから折り畳んだチラシを出した。

広げて見れば、肩を組んだ若い男女六人組の写真が、でかでかと掲載されている。人数に掛けてか『サイコロリズム』というグループ名で、男女は皆サイコロの絵のタトゥーシールを頬に貼っていた。

（これだ！　これもいい！）

続けてピンと来て、新企画の案も固まった。

会社に戻ったらさっそく、どちらも概要をまとめて先方に送ろうと決める。

「このチラシって、いただいても問題ありませんか？」

「どうぞどうぞ」

「助かりました……！　それじゃあ私、もうひとつ病室に寄ってから仕事に戻るので、ここで失礼しますね！」

「い、乾さん！　えっと……！」

「お互いにお仕事、頑張りましょう！」

電車で送った「お疲れ様」ではなく、「頑張りましょう」と声援に変えて、守里は一礼して田所に背を向けた。後ろで田所が捨てられた子犬のような顔をしていたが、気付かず勢いよく踏み出す。

ぐるぐる考えて塞ぎ込んでいたところ、思いがけず案件を進められそうで、少し爪先が浮いていた。

だから曲がり角から現れた相手と、うっかり真正面からぶつかってしまった。

「きゃっ！」

可愛らしい少女の高い声と共に、ふたりは尻餅をつく。守里の方は悲鳴も漏らせなかった。

ワンテンポ遅れて「もっ、申し訳ないです！　お怪我はないですか⁉」と、守里の方が先に立ち上がって少女に腕を伸ばす。

病院で怪我人を増やすなどあってはならないことだ。

「私は特に……こちらこそ、油断していてすみません」

（わっ！　可愛い子）

制服を着ている少女は、おそらく高校生だろう。

セミロングの明るい茶髪に、ほんのり薄い茶色がかった瞳をしている。それだけでも目を引くが、小さな顔にパーツがバランスよく収まり、手足は細くスタイルがいい。紺のスカーフが特徴的なセーラー服も、可憐に着こなしていた。

（アイドルの子も可愛かったけど、この子はなんか美少女オーラがあるというか……以前にどこかで見た気も……）

守里の手を取って立ち上がった少女は、初対面のはずなのに妙に覚えがあった。

田所のことはすぐにピンと来たのに、脳内でなかなか該当しない。

守里が内心で首を捻っていると、少女が「あれ……？　落としていますよ」と、軽く屈んでなにかを拾い上げる。

「そ、それ、大切なものです！　ありがとうございますっ！」

尻餅をついた際に、トートバッグに忍ばせておいた竜作のマスコットが、そのフォルムもあって転がり落ちていたらしい。

汚れていないか確認しなくてはいけない。

紙袋のゼリーも、ぐちゃぐちゃになっていないことを祈るばかりだ。

まずはマスコットを受け取ろうとするも……少女は何故か、まじまじと大きな目を見開いている。

「このマスコット、竜さんが作った……？　どうしてあなたが……」

「竜さんって、もしかして……？」

ふたりは顔を見合わせた。お互いにパチパチと瞬きを繰り返す。

なんだか長い話になりそうなので、守里たちは邪魔にならないよう、ひとまず近くの談話スペースに移動した。

いつの間にかアカペラの歌声は止んでいる。遠くの方でたくさんの拍手の音がした。

腕時計で時間を確認したところ、ソファでゆっくり話はできそうになく立ち話ではあったが、守里の方から竜との繋がりを掻い摘んで説明する。

「……ということで、カフェで相席したご縁で、成り行きで預かったんだよね」

もちろん、そのカフェが不思議ワールドであることは伏せておいた。少女は「竜さんって、カフェとか行かれるんですね」とコロコロ笑う。

そんな少女は、近隣の私立高校に通う三年生であること、今日はテストで学校は早く終わったこと、部活の一環でやっている手芸教室で竜とは顔見知りなことを明かした。

「守里さん、でしたよね。私がどんなマスコットにしたらいいか、竜さんに提案したんです。前にお孫さんが、そのキャラが出るアニメが好きだって、竜さんが話されていたので」

「なるほど、そんなアドバイスがあったんだね」

「竜さんも困っているなら、私に相談してくれたらよかったのに。私はお兄ちゃんが先月の終わりからここに入院していて、ちょくちょくお見舞いに来ていますから」

「お兄さんが……」

「……意識不明なんです、ずっと」

その呟きは、鉛のような重みを孕んで床へと落ちた。

原因は病気なのか事故なのか、いずれにせよ想像より深刻な事態に、守里も掛けるべき言葉を失う。

(頻繁にお見舞いに来ているくらいなら、きっと兄妹仲はいいよね。そんなお兄さんが目覚めないなんて……)

心境を慮って押し黙ってしまった守里に対し、少女は切り替えるように茶色い髪を耳に掛ける。

「こんな暗い話、初対面でされても困っちゃいますよね。私ったら、まだ名乗ってすらいませんし」

そこで努めて明るく、少女が名乗った名前に――守里は静かに衝撃を受けた。

「私、花菱梢っていいます」

「梢……?」

――カチリと、守里の中でパズルのピースが嵌まる。

おそるおそる兄の名前を問えば、あっさり「花菱楓ですけど」と答えが返って来た。

理解した上で梢を観察すれば、カフェの二階で見た写真の少女の面影があり、楓とは血の繋がった兄妹だと確信する。

だが同時に、ありえない矛盾が生まれてしまう。

(梢ちゃんのお兄さんは、先月の終わりから意識不明で入院中なんだよね……?)

守里がぐっすりカフェに初めて訪問したのも、その時期だ。

梢の兄が、守里の知る楓で間違いないとして、つまり楓は本当は……。

ブブブッと、守里が思考の海に溺れそうになっていたところで、バッグの中でスマホが震える。バイブレーションが長いので着信だ。

「ここなら通話ＯＫですよ。私のことは気にせず出てください」

「う、うん。じゃあ失礼して……」

梢に促され、守里はスマホを取り出す。

掛けてきたのは古田で、いつぞや緊急呼び出しを食らった時のように、守里は直感的にトラブルの匂いを嗅ぎ取る。

「お疲れ様です、乾です」

『出たな、よかった！　乾はどのくらいで会社に戻れる？』

「なにかありましたか？」

直感通り、余裕がなさそうな古田は矢継ぎ早に喋る。

『今日の夜八時に始まるトークイベントあるだろ、真夜中の読書がテーマで作家先生招くやつ！　あれの来場者に配るパンフレット、納品ギリギリだったせいか頼んだ印刷会社のミスで、フライヤーが挟まれてなかったんだよ』

「ええっ！？　まさか今から……！？」

『ああ、手作業で一冊ずつ挟み込む！　人手が欲しいから乾も作業に回ってくれ！』

「わ、わかりました！」

一刻も早く、守里は会社に戻らなくてはいけなくなった。

楓やカフェの真実に辿り着くまであと一歩だったが、致し方なく後回しだ。

パンフレットが何百部あるかまでは把握していないが、容易な数ではない。それを夜までとは、まさしく生きるか死ぬかである。

「なんだか凄く……大変そうですね」

まだ学生の梢は、漏れ聞こえた電話の内容に圧倒されているようだった。守里としても「いつもこうじゃないんだよ」と言い訳したくなったが、だいたいいつもこうである。

「ええっと、車で会社までの最短ルートは……あっ！　マスコット！」

「……私から、竜さんのお孫さんに渡しておきましょうか？」

ラストミッションが残っていたと焦る守里に、梢が控え目に挙手してくれる。肝心のそのマスコットも、拾ってくれた梢がまだ手にしたままだ。

「お、お願いしていいの？」

「もちろんです。私はお孫さんの顔も、一度写真を竜さんに見せてもらってわかっていますし。メッセージがあれば伝えますよ」

　さすが楓の妹、優しく親切だと守里は感服する。

　お言葉に甘え、病室の場所と、竜から孫への伝言も一字一句漏らさず託した。ゼリーもお孫さんにと紙袋を手渡す。

「あとね……私、あなたとまだ話したいことがあるの」

「私と……？」

「そう。次はいつ、お兄さんのお見舞いに来る？」

　梢はしばし、考える素振りを見せる。高校生で部活もあるなら、今日のようなテストの日でもない限り平日は難しいかもしれない。

「今週土曜日のお昼とか、ですかね」

「それならその日の十二時半頃に、またここで会えないかな。お兄さんのお見舞いも……よければさせてくれたら」

　その日はもともと、守里の仕事も午前までだ。午後からはフリーである。

　守里の申し出に、梢は不可解そうにしながらも了承してくれた。手早く連絡先も交換し、梢とは談話スペースで別れる。

　別れ際の梢の顔が、守里には楓に重なって見えた。

一度認識すると、よく似た兄妹だと感じる。

(楓さん……)

彼について考えると、足が止まりそうになってしまう。

パンッと頬を叩いて気合いを入れ直し、守里は病院の地下駐車場まで下りて、そこに停めた古めかしい社用車へと乗り込んだ。

＊＊＊

パンフレットへの挟み込みは、それはもう地道故に過酷な作業であったが、手を紙で切りつつもなんとか間に合った。完成品は守里が社用車に積んで、会社から会場までちゃんと法定速度を守って運んだ。滅多にしない運転を一生分ほどした気がする。

しかし、地獄はここでは終わらない。

作業に時間を割いた分、他の仕事は当然手付かずだ。

すでに陽はとっぷり沈んでいたが、普段は部下を置いてさっさと帰る上司の三浦さえ、皆で仲良く残業をした。

この夜、守里はぐっすりカフェに行こうか、終電を待ちながらギリギリまで悩んだが……行かなかった。

楓やスフレたちの様子は、早く確かめたい。

けれど先に、梢と話す必要があると思った。

(ちゃんとすべてを知ってから……もう一度、楓さんに会いたいもの)

だから週末が来るまで、守里は我慢した。

——そして迎えた当日。

天気は朝から雨模様で、どんよりとした雲が空を覆っている。

守里は半日勤務で午後から梢との約束もある分、湿気や低気圧、連日の浅い睡眠時間による眠気にも屈せず、仕事に取り掛かっていた。

「はい、はい……よかったです、気に入っていただけて！　ではこちらから、ステージ出演のオファーをしてみますね。企画の方も準備に入ります」

では……と、自分のデスクで交わしていた、オクトーバーフェストの担当者と通話を切る。

スマホを置いて、第一関門は突破だとキーボードを前に突っ伏した。

先方の担当者も、ステージの抜けた穴を埋めてくれる候補として、例のアカペラグループを気に入ってくれたようだ。彼等の公式サイトにあったパフォーマンスの動画に、世辞ではない称賛を送っていた。

新規依頼は随時受付けているようだったので、すぐさま事務所にオファーを出して、スケジュールを押さえて……と、まだまだやることは山積みだ。

(新企画の方も各所に連絡しなきゃ。眠いし頭痛いけど……)

こんな時に、楓の作ってくれる安眠に利くカフェメニューが恋しくなる。

あのへにょりとした笑顔に癒やされたいし、スフレの小生意気さも、タルトの一生懸命さも、ボネのマイペースさも……すでに懐かしい。

カフェで過ごす微睡みのような時間に、今すぐ浸りたかった。

(……って、ダメダメ！　そういうのは後！)

頭を振ってなんとかパソコンに向き直り、止まりかけていた手を動かす。時計の針は刻々と進んで行った。

「お疲れ様です、お先に失礼します！」

守里は弾丸の如き勢いで退社して、病院へと向かう。

今回はバスを乗り継いだのだが、病院近くのバス停に降りたところで、ヨーロッパ風の外観の瀟洒な雑貨屋さんが目に留まった。

ガラス張りの壁から窺える店内には、インテリア用品やハンドメイドアクセサリー、クッキーなどのちょっとしたお菓子、変わった文房具……などなどが、棚や陳列台に隙間なく並べられている。

おもちゃ箱をひっくり返したようなその有様に、守里は心惹かれた。

(ギフト系も扱っているんだ……なにかお見舞い品、買って行こうかな)

時間にそこまで余裕はないので、軽く見るつもりで入店する。

先日はゼリーで食べものにしたが、梢の兄が長く意識不明で入院しているというなら、病室で飾れるものでもいいかもしれない。

(というか、本当の本当に楓さんなのかな……)

正直、そのことを考えると、信じられない気持ちが大きくて怖くもなる。

今日までできるだけ考えないようにしてきた。

(自分の目で、これから確認するしかないんだけど……ん?)

店内を流し見していると、ハーバリウムのコーナーがあった。

ガラス瓶の中に、草花を専用の液体に浸して閉じ込める植物標本。

瓶の形も中の草花も多種多様で、どれも華やかだ。守里は手前にあった、雫型の小振りな瓶を手に取った。

黄、赤、青と小花が三層になっていてカラフルで、なんとなくスフレたちを想起させる。

「そちらのハーバリウム、どなたかへのプレゼントですか？」

瓶を軽く振ってみていると、『店長』とネームプレートのついた中年女性がにこにこと話しかけて来た。

「えっと……お見舞い用にどうかなと……」

「ああ、それならピッタリですよ！」

両手を胸元で合わせて、店長は卒なく勧めてくる。

昨今は感染症のリスクや、管理の手間もあって、病院に生花を持ち込むことはあまり推奨されていない。差し入れがそもそも禁止されている場合も多かった。そんな中、ハーバリウムならリスクも手間もなく、真っ白な病室にも彩りを加えられるという。

「それにそちらは、カスミソウを信号カラーに着色したものなんですが、カスミソウには相手の幸福を願う花言葉があるんです。お見舞いにも合いますよ」

「この小花、カスミソウなんですね。でも、なんかよく見ると……」

信号カラーの一番下にも濃いマゼンタ色の花弁があり、それだけカスミソウの花とは違うことに守里は気付いた。店長は「そうでした、そうでした」と思い出したように頷く。

「ハーバリウムの花材にカスミソウは鉄板ですが、こちらは珍しい花も使われているんでした。ハナズオウという低木に咲く花です」

「ハナズオウ……」

「西洋ではちょっと怖い謂れもあるんですが、日本だと縁起のいい樹木で、花言葉も贈りもの向けです。『喜び』と『豊かな生涯』、あと……」

花に詳しい店長が教えてくれた花言葉に、守里は反射的に「これ買います！」と宣言していた。店長は「お買上げありがとうございます、こちらへどうぞ」と、流れるようにレジへ誘導する。

ついでにレジ横に置かれていた、梢に渡すパッケージがお洒落なチョコクッキーも購入し、英字柄の紙バッグに入れてもらう。

それを手に病院の談話スペースに向かえば、すでに梢はいた。柱に背を預けてスマホを見ている。昨日の制服姿も可愛かったが、私服のガーリーなサロペットコーデもセンスがよく似合っている。

守里が「梢ちゃん！」と声を掛けると、薄い茶色の瞳が守里を映した。

「こんにちは、守里さん。今日はお仕事の合間とかですか？」

「もう今日の仕事は終わったよ」

「それならよかったです。お兄ちゃんの病室はこの階で……」

　ふたりで廊下を並んで歩きながら、梢は竜の孫に無事、マスコットを届けられたと報告してくれる。

「お孫さん、すっごく喜んでいました。お爺ちゃんに応援してもらいたいから、試合出るためにリハビリも頑張るって」

「そっか……よかったです」

「守里さんが用意してくれた、お見舞いのゼリーもありがとうございますって。次に手芸教室で竜さんに会ったら、そちらにも私から報告しておきますね」

　梢の気遣いに感謝していたら、あっという間に目的地の病室へ着いた。部屋は個室であり、ネームプレートには『花菱楓』としっかり書かれている。

　にわかに守里は緊張し、喉がカラカラに渇いて行く。

　梢は慣れた調子で「入るよ、お兄ちゃん」とドアを開けた。

　中は多床室より当然広々としているものの簡素なもので、ベッド以外はトイレやシャワー室、冷蔵庫やテレビ台などがポツポツと設置されているだけだ。整然としすぎて守里は寂しい印象を受ける。

　そして――ベッドには、楓がいた。

　守里の知る楓よりは痩せて窶れ、蜂蜜色の髪は色艶を失ってはいるが、間違いなく楓だ。入院着姿で硬く目を閉じ、点滴に繋がれている姿が痛々しい。

「楓……さん……」

守里は束の間、呆然と佇むことしかできなかった。

(ずっとこの病室に……？　じゃあ、私の会っていたあの楓さんは……)

ふと視界の端に、ベッドと壁に挟まれた棚が映る。その上には三体のぬいぐるみが、ぎゅうぎゅうにくっついてお座りしていた。

「スフレ、タルト、ボネ……！」

守里が名前を呼んでも、彼等は返事もしなければ動きもしない。

ぬいぐるみなのだ、ただの。

「どうして守里さんが、スフレたちの名前をご存知なんですか？　私が作ったぬいぐるみのこと、誰にも言ったことないのに」

「梢ちゃんが作った……？」

じっと、梢は楓と似た色合いの目で、守里を凝視している。守里もまた、梢の目を見つめ返した。

「昨日から聞きたかったんです。そもそも守里さんは、お兄ちゃんとはどんな関係なのかなって」

「それは……」

「隠していることがあるなら、私に教えて欲しいです」

「……魔法みたいな、信じられない話なんだけど」

ベッド傍にふたつあったスツールに並んで座り、守里は一から『ぐっすりカフェ』のことを語った。そこでは楓は楽しそうにマスターをしていて、スフレたちが生きているみたいに給仕し、眠れないお客をもてなしていた、と。

改めて言葉にすれば、すべてが奇想天外だ。

一通り聞き終えた梢は、黙して俯いてしまう。

(やっぱり信じられない、かな。馬鹿にしているとか、怒ったりしないよね……?)

守里がおそるおそる反応を待っていると、梢はポツリと「もしかして、おまじないの力？」と呟いた。

「おかしなことは、確かにあったもの……スフレの耳に覚えのないリボンがついていたり、後で治そうと思っていたボネの解れが勝手に治っていたり……あの人が、お見舞いに来て勝手にやっているものだと……」

「こ、梢ちゃん？」

ブツブツと独り言を溢しつつも、頭をどうにか整理した梢は顔を上げる。そしてちょんと、シーツから伸びる兄の指先に触れた。

少々遠慮がちながら、兄妹の親愛を感じさせる所作だ。

片手を触れ合わせたまま、梢は守里の方に向き直る。

「信じます、守里さんの話してくれたこと。お兄ちゃんは意識のない間、不思議なおまじないの力で、叶えたかった夢を叶えていたんだって」

「楓さんの夢？　そのおまじないって……」

「私たち兄妹のことから、守里さんにはお話ししますね」

梢は「お兄ちゃんがこうなったのは私のせいですから」と、悲痛に顔を歪めた。強張る腕で、守里は膝に置いた紙バッグを抱え直す。

感情を押し殺すように、梢は淡々と話し出した。

花菱兄妹は、楓が十三歳、梢が六歳の頃に母親を交通事故で亡くしている。それから父親が男手で子供たちを育てることになったわけだが、花菱家父は小学校教諭という多忙な職に就いていた。

教育現場は人手不足も叫ばれて久しく、子供たちに親として接する時間よりも、先生として生徒たちに接する時間が長くなることは致し方なかった。

しかし中学に上がったばかりの楓と、小学生になったばかりの梢は、まだまだ親の庇護を必要とする年齢だ。特に梢は元来甘えん坊な質で、もういない母や、家にいない父をよく恋しがった。

そんな梢の面倒を、父に代わって見てきたのが兄の楓だ。昔から抜けているところはあれど、楓は年の離れた妹にどこまでも優しかった。

梢にとって楓は、大好きな自慢の兄だったのだ。

……またもう一人、梢も楓も懐いていた人物がいる。

亡くなった母方の祖母である、『若葉おばあちゃん』である。

彼女は花菱家の隣街に、小さな居を構えてひとりで住んでおり、おっとりマイペースな品のいい老婦人であった。若い頃は海外旅行が趣味だった若葉の家は、趣味で集めた異国の食器類や本で溢れ返っていた。

（カフェの店舗はもともと若葉さんの家で、あの品は全部若葉さんが集めたものだったんだ……）

竜が去り際に残した発言も含めて、守里は納得する。

その若葉のところに花菱兄妹は度々預けられ、たくさん遊んでもらっていた。進んで自ら出向くことも少なくはなかった。

梢の裁縫の腕も、楓の料理の腕も、器用な若葉仕込みらしい。

「私は料理が苦手で、お兄ちゃんは裁縫はあんまりなんですけどね」

薄々そうだろうと守里も推測していたが、サシェもドリームキャッチャーも梢作だった。もともと、カフェでお客さんに配る用ではあったという。

「おばあちゃんはいろんなことを、私たち兄妹に教えてくれました」

「……ふたりにとって、大事な人だったんだね」

「はい」

懐かしむように、瞳を伏せる梢。

棚のすぐ横の窓が僅かに開いていて、吹き込んだ風に茶色の髪が煽られる。

じきに雨が降りそうだったので、守里は一度立ち上がって窓を閉めた。雨が吹き込めば、位置的にぬいぐるみたちも濡れ兼ねない。

それに礼を言い、梢は続きを口にする。

「最初にあの家を『夜だけ開くカフェにしよう』って、計画していたのは若葉おばあちゃんでした」

若葉も加齢によって睡眠リズムがずれ、夜に眠れなくなる日が増えていた。

昼夜逆転にならないためにも、昼にはカフェの仕込みをして、夕方から日付が変わるまでカフェをオープンさせ、人と交流して程よく動いてからぐっすり眠れたら……という思惑もあったとか。

なにより、年を取ってからのんびりカフェをやるのは、若葉の密かに抱えていた夢であったそうだ。

「でも、おばあちゃんはカフェを開く前に急逝しました。心不全で倒れて、救急車で運ばれてそのまま……」

それが楓十七歳、梢十歳の時だ。

また花菱家では、ほぼ同じタイミングで父親が再婚した。職場で知り合った教諭同士で、父より若い妙齢の女性が、兄妹の義母になった。

鷹揚な楓はすんなり受け入れたが、梢は受け入れられなかった。

ただでさえ敬愛していた祖母を亡くしたところで、入れ替えたように家族が増えたことが許せなかったのだ。梢にとっての家族は、もう父と兄だけのはずなのに……と。

「反発心を抱く私は、子供っぽいって思いますか？」

「子供なんてことは……」

「わかっているんです、自分が聞き分けのない子供なことは。でもどうしても嫌で、義母は里美《さとみ》さんっていうんですけど、私は今の今まで里美さんを避けて来ました」

苦笑する梢に、守里は口を噤む。

守里の実の両親は健在だし、どちらとも守里は仲がいい。複雑な家庭環境の梢に、下手な意見など不要だろう。

「里美さんはなんにも悪くない、とってもいい人です。私と仲良くなりたいと思ってくれていることも、ちゃんと知っていて……でも、気持ちが追い付かなくて。お兄ちゃんもお父さんも、あえてなにも言及はしませんでした」

先ほど、梢がブツブツ言っていた中に現れた『あの人』とは、おそらく里美のことだろう。

そして時は流れて、現在。

楓の方は四年制大学の経済学部を卒業し、学生時代に起業した友人のもとで二年ほど働きつつ、裏でカフェを開くために奔走していた。

若葉の道半ばだった夢を実現しようと、彼女の死からずっと心に決めていたらしい。

資金は若葉が遺した分が十分すぎるほどあり、場所も空き家と化した彼女の家を使うつもりだった。

（それが、あの『ぐっすりカフェ』……）

店の名付け親は若葉だと、たった今守里は知った。

楓の隠された背景にもただただ驚いた。

一方で梢は高校生になってから、里美のいる家にいたくなくて、学生寮のある高校を受験してそちらに入居した。兄のカフェ開業に向けた手伝いをしながら、実家とは距離を置いていたそうだ。

そして若葉の家に、いよいよリフォーム業者が入る段取りが決まる。先に一階の家財は運び出し、近所の悪ガキの落書きはペンキで上塗りをすることになった。

周りの草むしりは楓自ら行うということで、梢も一緒にやる準備はバッチリだった。

しかし――悲劇はそこで起きる。

「草むしりのために、おばあちゃんの家に来ていた折でした。高校卒業後の進路のことを、なんとはなしにお兄ちゃんに相談していたら、その……口論になって」

梢が苦い表情で視線を逸らした先の窓では、ポツポツと雨粒が当たっていた。守里が先ほど閉めたのは正解だったようだ。

梢と楓が口論になったのは、若葉の家ことぐっすりカフェの二階でのことだった。リフォームは一階だけで、草むしり前に兄妹は二階で少しお茶をしていたのだ。

梢は若葉の影響で、高校を卒業したら海外に出たいと考えていた。具体的なプランなどなく漠然としているが、海外留学にも憧れていた。

そのことを世間話ついでのノリで楓に相談したら、楓は「さすがに進路のことだし、俺にだけじゃなくて父さんと義母《かあ》さんにも言うべきだよ。海外に行きたいなら尚更」と、真剣に梢を諭した。

それについ、梢はカチンと来てしまった。

楓が里美を『義母さん』と呼ぶこと自体、梢は小学生の頃からの地続きで拒否反応を催してしまうのだ。

梢は「あの人には言う必要ないし」とキツめな返答をし、いつもはやんわり折れる楓もこの時ばかりは妹に食い下がった。激しい言い争いになり、ほとんど初めてと言っていい兄妹喧嘩に発展した。

「いい加減へそを曲げてないで、義母さんと向き合った方がいいよ」

楓の放ったこの一言が、昂る梢の感情を爆発させた。

「もういい！　お兄ちゃんなんか知らない、大嫌い！」

そう本当に子供のように吐き捨てて、梢は階段を駆け下りて出て行こうとした。

けれど摩耗した精神では足元が疎かになり、段差を思い切り踏み外してしまう。

体の浮遊感と共に、転落。

全身を痛みが襲う……ことはなく、気付けば梢の下敷きになって、床に倒れていたのは楓だった。

「そんな……」

守里は思わず、震える手で口元を覆う。

「追い掛けて来たお兄ちゃんが、咄嗟に私を守ろうとして一緒に落ちたんです。お兄ちゃんは頭の打ち所が悪くて、集中治療室に送られて、それで……っ」

そっと梢は、柔く力を込めて楓の指を握る。茶色の瞳にはたっぷり透明な水の膜が張っていた。

窓を叩く雨音は強くなるばかりだ。

このまま夜まで続いて、一晩中降るかもしれない。

動かない兄を前に、圧倒的な恐怖に駆られた梢の姿が、守里にはありありと想像できてしまった。

(楓さんが階段に近付けない、二階に行けない理由って……)

きっとこれだと、守里は理解した。

ぐっすりカフェという空間が、意識のない楓が見ている夢の世界が実在化したものだとして、それでも無意識下で事故の原因を避けていたのだろう。

「……もうすぐ、あれから一ヶ月になります。外傷は軽いもので、脳の機能にも問題はないそうです。あとは意識が戻るだけで、なにかきっかけがあれば目覚めるかもしれないって」

「きっかけ……」

「お医者さんや看護師さんが言うには、ここ数日でなにか呟いたり、指先が動いたりはしたみたいで……でも……っ」

カフェへのリフォームは、もちろん中断。楓のお見舞いには梢以外にも、父や里美、友人たちが代わる代わる来ているが、眠る彼が呼び掛けに応えたことはまだない。ずっと意識は夢の中だ。

ポタリポタリと、耐え切れなくなった梢が膝に涙を落とす。

「全部私のせいなんです……！　私がお兄ちゃんに甘えすぎていたから……っ！」

「……梢ちゃん」

しゃくりをあげて泣く梢の背を、守里は正面から抱き締めるようにさすった。遠い昔、守里の母が、泣く娘を宥めるためによくした仕草だ。

病室に嗚咽が響く中、三体のぬいぐるみは守里たちを微動だにせず見守っている。

「ごめんなさい、こんな泣いちゃって……」

「お茶でも淹れようか。飲むと落ち着くよ」

「い、いただきます」

しばらくして梢の涙が乾いた頃に、背の低い冷蔵庫の上にある電気ケトルを、守里は見つけた。ケトルの傍には麦茶のティーパックも紙コップも備えられており、守里はお湯を沸かしてふたり分の麦茶を淹れた。

目を赤く腫らした梢に、温かい紙コップを渡す。なにか飲むだけでも多少心静まることを、守里はカフェで楓から教わっていた。

梢はゴシゴシと目元を拭い、コップを受け取る。

「ありがとう、ございます」

「あれっ？　梢ちゃん、その目元の隈……」

「……バレちゃいましたか」

涙でも落ちないコンシーラーで隠していたようだが、擦った時に取れたらしく、梢の目元にはクッキリと隈があった。以前の田所よりも濃いかもしれない。

ふぅふぅと息で麦茶を冷ましながら、梢は曖昧に笑う。

「ここ一ヶ月、まともに眠れてなくて……。目を瞑ると、ぐったりしたお兄ちゃんの姿が浮かぶんです。でも友達に心配されちゃうんで、学校でもコンシーラー塗って、なるべく明るく振る舞って……」

梢は長い睫毛《まつげ》をフッと伏せた。隈に影ができて、より黒く守里の目には映る。

麦茶を一口飲んでから、梢は棚の方を向いた。

「……あそこのぬいぐるみは、本当はお兄ちゃんがカフェをオープンさせたら、お祝いにあげたくてこっそり作ったものでして。スフレと、タルトだけ」

「ボネは……後から作ったの？」

「はい。お兄ちゃんが起きなくなってから、『月夜のおまじない』を掛けるために」

梢がずっと口にしていた『おまじない』とは、竜が話していたものと同じだった。

手作りのぬいぐるみを月の光に当ててると、願いを叶えてくれるというもの。それを竜に教えたのが梢だ。

「おばあちゃんの家の二階に、そういう本があったんです。魔法とか精霊とか……」

「私も見たかも、その本」

うっかり守里が床に落としてしまった一冊で、ちょっと本棚から飛び出していたのは、梢が読んでいた名残かもしれない。

「でもあれ、北欧かどこかの国の言葉で書かれていたよね？　梢ちゃんわかるの？」

「おばあちゃんに習っていたので、ちょっとなら……」

「す、凄いね」

美少女でお裁縫も上手い上、多言語も扱えるとは。

将来が有望すぎる。

「竜さんに教えたのは基本のやり方で、もっと本には効力が上がる方法も載っていました。想い入れのある服の一部をぬいぐるみに使えとか、名前をつけて月の光に当てながらその名前を三回唱えろとか……私は全部やってみたんです」

なおぬいぐるみたちはそれぞれ、スフレは幼少期の梢を、タルトは同じく幼少期の楓を、そしてボネは若葉をイメージモデルにしているそうだ。

お菓子の名前にしたのは、楓のデザートレシピから拝借したという。

「おまじない自体は、スフレとタルトにもそれぞれ掛けてありました。スフレには『カフェが上手くいきますように』、タルトには『眠れないお客様の憩いの場になれますように』って」

「カフェのことなんだね。だから、あの空間がおまじないの力で……ボネには？」

「『お兄ちゃんが、早く目覚めますように』」

眠る兄に朝が来て欲しいという、梢の祈りは切実だった。

それならボネに掛けられた願いだけ、まだ叶っていないことになる。

（ううん……カフェだって、今度こそ現実で開いてもらわないと）

紙のように白く精気のない、けれど綺麗な楓の寝顔を守里は窺う。どうしたら彼が目覚めるきっかけを与えられるのか、必死に頭を働かせる。

　そんな守里の前で、梢は空になった紙コップを手に立ち上がった。

「長話になりましたね。病院の面会時間もあるから、そろそろ……」

「そ、そうだね。あとこれ、よかったら」

「わっ！　クッキーと……ハーバリウムですか？」

　守里も立って紙袋を渡せば、すぐに梢は中身を見て喜色を示した。クッキーはさておき、三色カラーの花が閉じ込められた瓶を取り出す。

　このハーバリウムを選んだ経緯を、守里は手短に話す。

「マゼンタの花はハナズオウっていうらしいんだけど、花言葉が『目覚め』なんだって。梢ちゃんが、ボネに掛けた願いと一緒だね」

「守里さん……」

　せっかく締めた涙腺が、梢はまた緩んだらしい。

　それをごまかすように、紙袋とハーバリウムを抱えたまま、梢はぬいぐるみたちのいる棚の方に回った。

「これ、ここに置かせてもらいますね。お兄ちゃんが起きた時、ぬいぐるみたちと一緒に一番に見てもらえるように……」

トンと、梢がハーバリウムを、タルトの前に置いた時だった。

楓の瞼がピクリと痙攣して、彼が「こ……え……」となにか喋ったのだ。

「お兄ちゃん⁉　今……っ！」

盛大に肩を跳ねさせた梢は、勢いよく楓の顔を覗き込む。守里もスツールを蹴飛ばさんばかりの勢いでベッドに寄った。

「お兄ちゃん！　お兄ちゃん！」

「楓さん、しっかりしてください！　私たちの声、聞こえていますか⁉」

意識がなくとも、聴覚は残るとも言われている。梢と守里が一生懸命に呼び掛けていると、楓は途切れ途切れながらこう口にした。

「こ、ずえ……だいじょう、ぶ……か……」

梢、大丈夫か？

それは、妹の安否を問う言葉だった。

今の楓の意識は、転落事故の日にいるのか。連れ立って階段から落ちた妹のことを、楓は気に掛けているらしい。

「なんで……お兄ちゃんの方が、大丈夫じゃないくせに……っ」

また泣き出した梢を、咎めることなど守里はできない。

楓はもう喋ることはなく、また眠りについてしまったが、守里は『目覚めるきっかけ』はこれしかないと思い立った。

「梢ちゃん……今夜、一緒にぐっすりカフェに行こう」

「ぐっすりカフェって……」

「夢の中を彷徨っている楓さんが、一番待っているお客さんはきっと梢ちゃんだよ。梢ちゃんが来店することで、目覚めるきっかけになると思う」

ベッドを挟んで、守里はそう強く梢に訴えた。

守里を含め不眠に悩まされるお客様が、次々とあの空間に迷い込んで来たわけだが……最後のお客様は梢であるべきだ。

頬に涙を伝わせた梢は、虚を突かれて突っ立っている。

だがやがて決意したように、「行きます」と首を縦に振った。

「私も、お兄ちゃんと話したいです。カフェに連れて行ってください、守里さん」

＊＊＊

学生寮に住む梢が夜、出歩くには寮母さんの許可がいる。

夜の十時までは普通に夜間外出は認められているが、今夜はカフェでどのくらい過ごすかわからないため、梢は寮に戻って外泊届を出すことにした。実家はいまだ気まずいそうなので、カフェの後は守里の家に泊めてあげるつもりだ。

守里と梢は病院で一度別れ、夜の九時に守里が寮まで迎えに行くことになった。

約束した時間通りに守里が寮の門前で待っていると、守里の住んでいるアパートより余程立派な建物から、傘を差した梢が走って出て来た。

「お待たせしました！」

梢は目の下の隈もコンシーラーで隠し直し、服も着替えていた。Aラインのデニムのワンピースは、昨年の梢の誕生日に、楓に強請って買ってもらった一着らしい。

「それじゃあ、行こうか」

「はい……っ！」

明らかに緊張している梢に、守里は「本来なら梢ちゃんの方が行き慣れている場所なんだけどな」と苦笑しつつ、ふたりはバスに乗って移動した。

雨は病院にいた時よりは弱まっているものの、しとしと止むことなく降っている。

ふたりで傘を並べて着いたぐっすりカフェを前に、梢は息を呑んだ。

「本当にカフェになってる……」

これからリフォームしてどんなカフェにしたいか、楓が構想を梢に話してくれたままだという。

「あの窓から見える王冠型の照明……ネットで見て私が気に入って、これから注文する予定のものでした。看板も私が作ることになっていて、紙に描いた下書きだけお兄ちゃんに見せてあって……」

「……ここは、楓さんの理想でもあるんだね」

雨に煙るカフェの佇まいは、ぼやけていてどこか幻想的だ。まさしく『月夜のおまじない』で生まれた幻の空間なのだと、守里は実感する。

「入る覚悟はいい？　梢ちゃん」

「もちろんです……お兄ちゃんと、話せるんですから」

傘を閉じて雨をはらい、守里はくすんだ赤い扉の取っ手を引いた。

カランカランと、懐かしくさえ感じるドアベルの音と共に、「いらっしゃいませ」と温かな声がする。

待ち構えていたように、出迎えたのはエプロン姿の楓だった。

「来るかなって思っていたんだ。守里さんと……こうして話すのは久しぶりだね、梢」

「お、お兄ちゃん……私のことわかって……？」

これには守里もビックリした。

楓はもう、すべてを思い出したのだという。

「現実の俺は今、病院にいるんだよな。これまでは意識があちこち飛んで、暗闇の中にいる時もあれば、階段から落ちた時や、子供の時に戻ることもあって……でも決まって夜になると、俺は全部忘れてここでカフェのマスターをしていたんだ。この子たちとね」

ひょっこりと、楓の足元からタルトとスフレが顔を出す。彼等は病室にいた時とは違い、軽快に動いて梢の前までやって来た。

「お待ちしておりました、ボクたちのもうひとりのマスター！」

「来るのが遅いわよっ、もう！」

もうひとりのマスターと呼ばれた梢は、自分が作ったぬいぐるみが生きていることに、前情報はあれど「え、ええ、えええっ⁉」と混乱する。

「タルトとスフレって、こんなふうに話すのっ？」

「お望みとあらば、お歌も歌えますー」

「踊れて給仕もできちゃうわよ」

いつかのように、店内にはＢＧＭとしてトロイメライが流れている。

それに合わせてタルトは調子っぱずれな歌を口遊み、スフレはエプロンを翻してくるくる回って見せる。

「席にーご案内ー」

「ボネもいる……！」

興奮状態の梢の背を、ふわふわ飛んで現れたボネが体当たりで押した。梢と守里の傘は、タルトたちが音楽に乗りながらミュージカルのように回収する。

カウンターの真ん中に梢は座らせられ、守里は近くのテーブル席をひとりで選んだ。

（今夜は兄妹の対話が大事……私はここで、ひっそり見守ろう）

すべてを思い出したのに、楓がまだ目覚めていない理由は、おそらくここにあると守里は踏んでいる。

意識がまだ、現実に帰りたくない理由があるのだ。

その理由は十中八九、転落直前にしていた兄妹喧嘩だろう。

（どっちもブラコンでシスコン、だよね）

やれやれと守里は肩を竦めつつ、椅子の上でソワソワしている梢の横顔を眺める。彼女の頑張りどころはこれからだ。

カウンター奥の扉にいったん消えていた楓は、すぐにトレーを携えて戻って来た。

「今夜のおやすみセットは特別バージョンです。三種のミニデザートと、ルイボスティーをどうぞ」

楓は兄ではなくマスターの顔つきで、梢の前にガラス製の丸皿と、枝の模様が入った白磁のティーカップを並べた。守里のところにも、タルトが同じものを運んでくれる。

丸皿に載っている三種のデザートは、ミニというだけあって、どれも一口か二口で終わるサイズだ。

守里にも聞こえるように、楓がひとつずつ指を差して解説していく。

「丸く膨らんでいる黄金色の一品は、お食事感覚で食べられる米粉のスフレケーキ。米粉はアミノ酸のバランスに優れ、消化にいいので就寝前の胃にも優しいです」

「萎む前に早く食べるのがオススメよ！」

「三角に切ったバナナタルトは、焼き上がり後に効かせたメープルシロップが決め手ですね。バナナの効果は、守里さんはすでにご存知かと」

「甘くて美味しいのです！」

「最後の濃い茶色のココアプリンは、『ボネ』というイタリアのお菓子ですが……あまり日本では馴染みがないかもしれません」

「郷土菓子ーなのー」

楓の解説の合間に、ぬいぐるみたちは飛んだり跳ねたり、はしゃいで合いの手を入れた。自分たちの名前の由来のお菓子なので、テンションが高めなのかもしれない。

『ボネ』はイタリアのピエモンテ州生まれで、プリンの中に『アマレッティ』と呼ばれるメレンゲ菓子が混ぜてあることが最大の特徴だ。サクサクながらもホロッとした食感が、プリンの滑らかさと共に味わえる。

なお今夜の楓お手製ボネには、アマレッティの代用にアーモンドビスケットが砕いて入れてあるという。

アーモンドの安眠効果も、守里はちゃんと頭のメモに書き込んでいた。

「い、いただきます……」

梢はスフレからのオススメを考慮して、スフレケーキにスプーンを入れる。しゅわっとした口溶けから、後追いする仄かな甘さに「わっ！」と相好を崩した。

先にバナナタルトを切り分けた守里も、濃密なバナナの味を堪能する。タルト生地がしっかりしているため、浸み込んだメープルシロップがより引き立つ。

楓お手製ボネも、硬めの弾力に独特の食感が楽しく、守里と梢は「美味しい！」と声をハモらせた。

「全部……お兄ちゃんの作ってくれるお菓子だ」

そう噛み締めるように、梢は笑みを溢す。

兄妹にしかわからない、兄特有の味があるようだ。嬉しそうにどんどん食べる梢に、楓は程よい温度のカップを勧める。

「デザートの合間には、ルイボスティーを飲むとスッキリしますよ。ノンカフェインで寝る前の一杯にはピッタリです」

「……夜にテスト勉強している私に、お兄ちゃんがよく差し入れてくれたお茶だよね」

「梢も眠れていないようだから」

へにょりと普段の笑顔を浮かべる楓には、妹の不眠もお見通しのようだ。

梢はルイボスティーを半分ほど喉に流して、ホッと一息つく。それからカップを置いて、ぎこちなく居住まいを正した。

カウンター越しの兄の顔を、真摯な眼差しで見上げる。

「お兄ちゃん……私ね、お兄ちゃんにたくさん謝らなくちゃいけないの」

固い声音には、守里まで背筋がピンとなった。

膝の上で握り込んだ梢の両手に、一気に力が籠もる。

「大嫌いなんて酷いこと言ったのに、お兄ちゃんは身を挺して私を守ってくれて……昔から、いつもそう。私はお兄ちゃんの負担になって、迷惑掛けっぱなしでさ」

「……負担とか迷惑とか、俺は思ったことないよ」

「でも……っ！」

「ちょっと俺に対してだけワガママなところは、直してくれたら助かるけど」

冗談めかして楓が笑えば、梢は「あう……」と二の句が継げなくなる。

甘えている証拠だから、楓も本気で直せと怒ってはいないだろう。細やかな意趣返しであることは、守里にもわかった。

「だいたい梢がワガママなのは昔からだしね。スフレの小生意気さとか、今ならわかるよ。そのまま小さい頃の梢だ」

「お、お兄ちゃんだって、ドジは昔からだし！　マスターしていても抜けているところは変わらないんだって、守里さんに教えてもらったんだから！」

「ぐっ」

言われっぱなしは止めたようで、梢も反撃する。今度は楓がダメージを食らった。

守里はここに来るまでに、楓がこの空間でどんなふうに働いていたかなど、梢に根掘り葉掘り聞かれてつぶさに答えていた。健全な兄妹喧嘩のようなので、止めずに始まった言い合いを見守る。

「まったく失礼ね！　もうひとりのマスターはさておき、私は小生意気じゃないわ！」

「スフレへの評価は正しいと思うよ……？」

「もうっ！　間抜けなタルトは黙っていて！」

「そ、そういうところだよ！」

「まあまあー仲良くしてー」

床ではマスターたちに連動して、スフレとタルトもポカポカ痛くなさそうな叩いて叩かれてを繰り広げており、それを上空からボネが嗜めている。

(なんか……幼い頃の梢ちゃんと楓さん、あと若葉さんのやり取りって、こんな感じだったんだろうな)

守里はもはや微笑ましくなり、健康的な味のルイボスティーを啜る。とろんと眠くなって来て、欠伸が漏れたところだった。

平和な喧嘩は収束したのか、楓が改まって「あのな、梢」と妹の名前を呼ぶ。

「すべて思い出してからさ……俺なりに、なんで現実の俺はまだ目覚めないのか考えてみたんだ。そうしたら、梢に謝るのが怖いからだって気付いて」

「な、なんでお兄ちゃんが謝るの……？　意識不明にまでなったのは、私の……」

「進路のこととか、義母さん……里美さんのこととか。口を挟みすぎただろう？　梢は話を聞いて欲しかっただけだろうに、余計な小言だったなって。本気で嫌われたかもって、情けないけど不安になった」

眉を下げて苦笑する楓に、堪らなくなった梢は勢いよく立ち上がる。木製のフォークがカランと床に落ちたが、すかさずタルトが拾い上げた。

「き、嫌ってない！　あんなの売り言葉に買い言葉だよ！」

「うん。梢はさっき謝ろうとしてくれたもんな」

「さ、里美さんのことだって……っ」

泣きそうな表情は一瞬で、ぐっと梢は唇を噛んで我慢する。楓の前では泣かないと決めているようだ。

「お兄ちゃんが起きなくなってから、里美さんと話すことが何度かあったの。心の底からあの人は、お兄ちゃんの帰りを待っていて……お義母さんとまではまだ呼べないけど、私も歩み寄るべきだっていうのは、わかった」

「梢……」

「だから帰って来て、お兄ちゃん。夢は終わりにして、本物のカフェを開こうよ」

その梢の言葉が、最後の合図だったらしい。

楓の体がまた徐々に透け始め、守里もカップを置いて腰を上げた。

梢は「えっ⁉」と大いに動揺しているが、守里は楓が目覚める兆しだと察していた。

いつの間にか静かになったぬいぐるみたちの体も、どんどん希薄になっていく。

「あら……私たちは、もうお役御免かしら」

「寂しいけど、楽しかったのです！」

「いったんー閉店ー」

お別れを匂わせる彼等の前に、守里はしゃがんだ。ボネもふわふわ降りて来てくれる。楓が起きたら、もうスフレたちはただのぬいぐるみに戻る。二度とこんなふうには話せないのだ。

「……みんな、ありがとうね。私は眠れない日々でこのカフェに出会って、貴方たちにも癒やしをもらっていたよ」

寂しさを多分に含んで、守里はスフレの柔らかな頭を撫でた。もう半分以上も半透明になっているスフレは、気持ちよさそうにウサギ耳を揺らす。

タルトもボネも、ぎゅうっと守里に抱きついた。

「私も、マモリさんが常連になってくれて嬉しかったわ。うちのへなちょこマスターを、あっちでもよろしくね」

「引き続き、ぐっすりカフェをご贔屓にです！」

「ずっとーいっしょー」

最後は光の粒子になって、スフレたちは跡形もなく消えてしまった。混乱する梢を前に、楓も「大丈夫、すぐ会えるから」と微笑む。

そのまま彼も消えるかと思いきや、楓はふと守里にも笑みを投げ掛けた。

「実は……目覚めたら俺、ひとつ守里さんにお願いしたいことがあるんです」

「な、なんでしょう？　私にできることなら……！」

「一度カフェ以外で、守里さんと会ってみたいなって」

守里は「へっ!?」と声が裏返った。それは見方によれば、デートのお誘いである。

そのことに、楓の方は他意があるのかないのか……。

「あっ！　でもその前にちゃんと、現実でもお店をオープンさせますから……！　一番乗りで来てください、お待ちしております」

――おやすみなさい、よい夜を。

守里の返事を聞く前に、楓はそれだけ告げると、あっさりその姿を王冠型の照明の光に溶かした。

瞬きの合間に、カフェも様変わりする。

がらんどうで薄暗い空き家の真ん中に、梢と守里は立ち竦んでいた。辺りを舞う埃に、コホッと梢が咳を溢す。

「……『狐に化かされる』って、こういうことを言うんでしょうか」

「化かしてきたのは、三体のぬいぐるみたちだけどね」

いまだ夢現といった梢に、軽口で返す守里もさすがに驚愕はしている。

おまじないの魔法は切れたのだ、これで。

「ん？　梢ちゃん、なにか光っているよ」

室内に広がる闇を散らすように、梢のワンピースの腰ポケットから眩い光が漏れていた。スマホの明かりのようで、カフェの中では使えなかった電子機器は、もう普通に電源が入るらしい。

しかも着信だったため、梢は掛けてきた相手も見ずに勢いで出た。

「は、はい！　もしもし……」

『ああっ！　梢ちゃん！』

「里美さん……？」

なんと電話の相手は、梢が複雑な感情を抱いている義母だった。里美は守里にも一語一句聞こえる大きな声で、興奮気味に巻くし立てる。

『さっき、ついさっきね！　病院から連絡があって……！　楓くんが病室で目覚めたそうなの！』

「っ！　本当ですか⁉」

『ええ！　意識もハッキリしているみたいで、よかった……よかったわ……！』

里美と花菱家父は、これから車で病院に向かうそうだ。

涙ながらに何度も「よかった」と繰り返す里美からは、血は繋がらなくとも、兄妹への慈愛を十分に守里は感じた。

通話を切った後、へなへなと梢は力が抜けて倒れ込みそうになる。そこを咄嗟に守里が支えた。

「守里さん……お兄ちゃんが……」

「……うん。やっと起きてくれたね」

ふたり分の傘はポツンと、窓辺に立て掛けられている。店内にいたのは一時間にも満たない時間だったが、外の雨はすっかり上がっていた。

梢はへにょりと、楓によく似た笑顔を浮かべる。

「なんか安心して……今、とっても眠たくて。今夜はぐっすり眠れそうです」

それには守里も大いに同意し、ふたりは傘を手にして空き家を出た。

雨上がりの空気は肌をひんやりと滑って行く。

夜はただそこに、ゆらゆらと眠りに誘う揺り籠のように、穏やかに横たわっていた。

エピローグ

楓が目覚めてから、二週間が経過した。

幸いなことに後遺症もなく、運動機能も順調に回復しているとのことで、このまま行けば無事に退院できる日も近い……という朗報を、守里はつい先日、メッセージアプリで梢から教えてもらった。

守里はというと、まだ起きた楓に一度も会いに行けていなかった。

本音を言うならすぐに顔を見たかったが、「彼は意識不明の間の出来事を、果たして覚えているのか？」という懸念を抱いてしまったのだ。

楓と守里の関係は、あの不思議カフェにおいてのマスターと客に過ぎない。

おまじないが解けた今、楓がすべてを忘れていてもおかしくはなかった。

もし楓に「どちら様でしょうか？」と首を傾げられたら、守里は構えていてもショックを受けることは確実だ。梢に確認してもらう手もあったが、臆病風に吹かれて連絡も取れないまま……日々の仕事に忙殺されていた。

そこで痺れを切らしたのが梢で、次のようなお叱りと共に楓の情報を送ってくれたわけである。

『というか守里さん、なんでお兄ちゃんに会いに来てくれないんですか？　お仕事とかで守里さんも忙しいのかなと思って、そのうち来てくれるって信じていたのに！　まったく来ないし！　お兄ちゃんもめちゃめちゃ待っていますよ！』

……どうやら守里は、忘れられてはいなかったらしい。

ただそれならそれで間が空いた分、気まずくなってしまうのがなんとも厄介だ。お見舞いひとつでこの体たらくだった。

——そうして、秋も深まる本日。

シフト都合で月曜休みのため、守里は昼頃から覚悟を決めて、楓に会いに行くことにした。

「髪とか服は、こんなところ……？　病院であんまり気合いを入れた格好も、ちょっとおかしいよね」

自宅アパートの狭い玄関。

そこの壁に掛けられた全身鏡で、守里は身形の最終チェックを行う。

薄手のブルーのニットに、オフホワイトのワイドパンツ。髪は横髪を捻って例の黒リボンをつけた。爪のネイルは楓カラーの上に、今は三分の一だけ赤、青、黄のチェックを指ごとに入れている。

また新たにネイルを施したのは美々子で、彼女とは仕事関係でけっこうな頻度で会っていた。

というのも、開催を控えたオクトーバーフェストの新企画で、資格を持っている彼女に来場者へのフェイスペイントをお願いしたのだ。顔や手の甲、胸元などに絵を描く趣向だが、イベントを盛り上げるスパイスになると守里は踏んだ。

見た目を弄るだけで気分は上がり、会場との一体感を楽しめる。ＳＮＳにも写真を撮って載せやすく、宣伝効果も期待できるだろう。

当日のペインターは美々子以外にも二名ほど雇い、なるべく安価に、誰でも気軽に試せるようにする予定である。

ステージ枠も無事、アカペラグループこと『サイコロリズム』の出場が決定した。

守里が主導となるイベント準備は、なんとか滞りなく進んでいる。

(ぐっすりカフェを通して、知り合った人たちのおかげだな)

鏡から離れてパンプスを履きながら、そんなことをしみじみ思う。

美々子はもちろん、アカペラグループを紹介してくれたのは田所だ。彼との縁はサシェが繋いでくれた。田所とはこの二週間で、電車で二度ほどあったが、変わらず営業の仕事を頑張っているようだった。

ついでに波瑠斗のことも、守里はたまたま街で見かけた。あちらは気付いていなかったが、横にいる金髪の男の子と、仲良さそうに可愛いカフェに入っていった。

またこれも梢の情報によると、竜のお孫さんは楓より先んじて退院したらしい。試合に出られたかどうかは今度、手芸教室で会ったら聞いてみるそうだ。

「……よし、行こう」

トントンと、パンプスの踵を整える。

深呼吸してから、守里は秋晴れの空の下に踏み出した。


楓の病室に着くと、そこにいたのは見知らぬ中年女性だった。ふくよかで人好きのする印象の彼女は、守里を視界に入れると「あらあら！」と喜色満面になる。

「お見舞いよね！　あなたは楓くんのお友達？　まさか恋人？」

「い、いえ！」

「私は楓くんの義母よ、初めまして！」

守里は心の中で「あっ」となる。

この人が里美のようだ。

「初めまして、私は……」

「こんな綺麗なお嬢さんが恋人だなんて、さすが楓くんだわ！　今度ぜひ我が家にも遊びに来てね！　私はもう帰るところだから、楓くんは寝ているけどゆっくりして行ってくれたらいいから！　ね！」

立て板に水のように喋る里美は、守里に遠慮なくぐいぐい迫る。勝手に恋人にされているが、訂正する隙もない。

彼女は病室の時計を確認すると「大変！　もう学校に戻らなくちゃっ！」と、足早に去っていった。

守里はしばしポカンとする。

(楓さんたちのお父様と同じ、小学校教諭だったよね。学校での仕事の合間に、抜けてお見舞いに来ていたのかな……)

パワフルな嵐の如き人だったが、噂に違わずいい人そうでもあった。

まだ梢とは歩み寄りの途中のようだが、あの勢いにいつか梢が折れて、そう遠くない日に仲良くなれそうな予感もした。

「楓さんは……寝ているんだっけ」

そろそろと足音を殺して、楓のいるベッドへと向かう。

彼は確かに、蜂蜜色の髪を枕に預けて眠っていた。

守里が梢と訪れた際の、痩せて窶れた姿よりは、かなり回復していることがわかる。

ずっと眺めていられそうな、綺麗で穏やかな寝顔だ。

ここ数日で見舞い客も増えたのか、スツールの上にはいくつも紙袋が置かれている。

ただ棚の上という変わらない位置に、三体のぬいぐるみたちと、三色のハーバリウムがあることが、守里はなんだか嬉しかった。

「……スフレたちも、久しぶり」

ぬいぐるみたちに向かって、守里はヒラリと手を振る。

当然ながら返事はないが、守里の耳には「起きて、マスター！　守里さんよ！」「来てくれました！」「おきろーおきろー」などと騒ぐ彼等の声が、病室の静寂を裂いて聞こえた気がした。

「ん……」

「楓さん？」

ぬいぐるみたちの目覚ましコールは、まさか眠る楓にも届いたのか。身動いだ彼に、守里はドキリとする。

（ま、まだ心の準備が……！）

起き抜け一番には、なんと話しかけようか迷う。

話したいこと自体はたくさんあった。

まずは体調を尋ねることからか。カフェでの思い出話をしてもいいかもしれない。

けれどやはり気になるのは、彼が残した『カフェ以外で守里と会ってみたい』というお誘いだ。むしろ、あれはお誘いと受け取っていいのか。

退院して共に出掛けられるなら、守里は地元版オクトーバーフェストに来て欲しいなと考えている。ビールは飲めなくとも、梢も一緒に。

（……って、それは会えるは会えるけど、なんか違わない？　私は運営側だし、ろくに案内もできなくない？）

ひとりで守里は頭を抱える。

それならカフェ開業に向けての参考に、ふたりでカフェ巡りなんかもアリかなと妄想する。夢の世界より素敵なカフェを目指して、あれこれ相談しながら巡るのだ。

ただそうなると、いよいよデートなのでは……と、別の羞恥心も芽生え、ああだこうだ思考していたら、楓の長い睫毛が震えた。

「あ……」

そこで守里は、一番に掛けるべき言葉がようやく浮かぶ。正確には現時刻は『朝』ではなく『昼』だが、きっとこれがふさわしい。

ついに、楓の方も目を覚ました。

「守里さん……？」

薄茶の瞳が、ゆっくりと守里を捉える。緩慢な動作で体を起こした彼の髪が、窓から差し込む陽に反射した。

まだ眠たそうな彼に、守里はとびきり柔らかな笑顔で告げたのだった。

おはようございます、よい朝ですね――と。

この物語はフィクションです。
実在の人物、団体等とは一切関係がありません。
本作は、書き下ろしです。

編乃肌先生へのファンレターの宛先

〒101-0003　東京都千代田区一ツ橋2-6-3　一ツ橋ビル2F
マイナビ出版　ファン文庫編集部
「編乃肌先生」係

ファン文庫

真夜中のぐっすりカフェ
～眠れぬ夜におやすみの一杯～

2024年1月20日　初版第1刷発行

著　者　　編乃肌
発行者　　角竹輝紀
編集　　山田香織（株式会社マイナビ出版）
発行所　　株式会社マイナビ出版
〒101-0003　東京都千代田区一ツ橋2丁目6番3号　一ツ橋ビル2F
TEL 0480-38-6872（注文専用ダイヤル）
TEL 03-3556-2731（販売部）
TEL 03-3556-2735（編集部）
URL https://book.mynavi.jp/

イラスト　　みっ君
装　幀　　奈良岡菜摘デザイン事務所
フォーマット　　ベイブリッジ・スタジオ
DTP　　富宗治
校　正　　株式会社鷗来堂
印刷・製本　　中央精版印刷株式会社